紅糟雞湯 東坡肉 三杯雞 紅燒豬腳

白煮豬腳 香菜羊肉 蒜頭雞湯

廣式脆皮燒肉 滑蛋蝦仁 蚵仔麵線

炸醬麵 鐵鍋麵 雞火干絲 麻婆豆腐

川式 和風肉豆腐 和風牛排丼

紐奧 葵濃湯 茄餅 嫩煎鴨胸

鮮蝦粉絲煲　蒼蠅頭　珍珠八寶

麻醬麵　清燉牛腱湯　蒜蓉絲瓜

薑味肉餅　月亮蝦餅　虱目魚炒飯

苦瓜鑲肉　芫荽皮蛋火鍋　金瓜米粉

桂花江米藕　宮保雞丁　燒椒皮蛋

爛糊肉絲　蔥開煨麵　雪菜肉絲煨麵

蚵仔煎　上海菜飯　合菜戴帽附荷葉餅

馬世芳

也好吃

自序

輯一：念想

輯二：做菜

自序

一個饞人的自白

我從小就饞。幾年前，一位長輩曾嘉許地看著我說：「馬芳，能吃。」害我十分羞愧。

幾次聽人說：看我吃什麼都一副很好吃的樣子，跟我一起吃飯，胃口都變好了。長輩請客、同輩聚餐，我常默默提醒自己重儀節，守分寸，吃相不可放肆。上了桌，卻還是忍不住死盯著那盤白斬雞、紅燒排骨，深怕轉到我面前，大塊的已被挾走。砂鍋剩下最後一塊牛腩，轉來轉去沒有人伸筷子，我暗暗著急。左看右看，自告奮勇挾來吃掉，瞥見有人眼神緊跟那塊肉移動，乃知他也在等候時機，被我搶了先——不能怪我，涼了就不好吃了。

丁骨牛排、戰斧豬排眾人分吃，剩下一支大骨頭，我很樂意拿來啃乾淨，吃得一臉狗樣。遇到龍蝦頭我也當仁不讓，比照吃蟹邏輯，一格格撕開吮淨，再掰斷蝦腳咬開觸角吃肉，喀嗤喀嗤，這時上菜阿姨也常投以嘉許的眼光。

席上若有全魚，我十分樂意拿支大湯匙，替大家分肉剔骨，最後問一句：「魚頭誰要吃嗎？」十有八次眾皆說你吃你吃。須知「吃魚頭」有時候是微帶炫耀的姿態，若同桌也有人懂吃魚頭，眼神迅速交鋒，電光石火：「你吃你吃」——「你吃你吃，我常吃」——「這怎麼好意思」——「不會不會」，最後還是歸了我。慢慢對付一顆魚頭，往往忘我，嘬得吱吱作響，吃淨的魚骨堆成小山。回過神來，已經錯過兩道菜了。

吃魚頭，是少年時代在「欣園食府」吃紅燒下巴練出來的功夫。下巴例以一對為單位出菜，一人一碟半隻草魚頭，只點一客是不行的——廚房剩下半個你叫他怎麼辦？欣園的魚頭濃油赤醬，鮮而不腥，軟嫩入味。鰓旁一圈厚肉，眼窩臉頰一圈嫩肉，腦殼頂還能剔出蒜仁大的一格肉，黏嘴的魚臉皮也好吃，甜滋滋的醬汁下飯。自從欣園關門，那麼好的下巴再也沒吃過了。

與其說我饞，不如說，我很在乎好好吃一頓，並不是非得多講究——開會領的麵包餐盒，冷掉的便當，便利商店的三角飯團，我也都會專心致志一口一口認真吃掉，不挑食，不忌口，盡量不剩下。我最痛恨一面吃飯一面開會談正事，菜都上了也沒有人動筷子，主講人滔滔不絕到一個段落才說「請用請用」，然後繼續滔滔不絕，眾人吃得心不在焉。開會就好好開會，吃飯就好好吃飯，有那麼難嗎？

和話不投機的人吃應酬飯，餐廳再厲害也往往食不知味，一頓飯下來筋疲力竭，真不如回家煮碗麵。聚餐還是要和對的人才對味，人生在世，「飯友」和旅伴一樣難得，最值珍惜。

世上也有人毫不在乎美味，進食只求維持生命機能。有些矽谷頂尖工程師熱衷所謂 body hacking，不想浪費時間覓食進食，調配出喝一大杯就能攝取足夠營養的飲品，搭配各種補藥，逼出體能和腦力極限。我想若能改造人體，他們應該會很樂意變成不吃不喝的生化人，每天插線充電就能活。我曾和一位音樂圈長輩約吃飯談事，他一面吃一面高談闊論，湯匙挖了飯菜大口填進嘴裡，節奏規律且極有效率，三兩下掃清盤中食物，我甚至不確定他知不知道自己吃了什麼。那吃相，就像鏟煤餵進蒸汽火車的鍋爐。再講究的美食碰到他，都只能是煤塊。

我是沒辦法的。哪怕盤子盛的是煤塊，我也會認真嚼一嚼再吞下肚——莫言真的寫過一九六〇年大饑荒，孩子拿煤塊當餅乾吃，喀嘣喀嘣愈嚼愈香，吃得人人一嘴黑。

嘴饞未必需要下廚。開始下廚，總有這般那般的不得已——我輩朋友不少人的廚藝是出國念書鍛鍊出來的，當初離家時連削顆蘋果都不會，學成歸國已能自己發麵做包子、擀皮包餃子、煎牛排、蒸魚、滷味、烤全雞、煮義大利麵……，此即「置之死地而後生」。我沒出國留過學，三十三歲結婚之前都和爸媽同住，並無下廚迫切需求。婚後在民生社區住了七年，外食方便，偶爾做菜只是好玩。四十一歲搬到重劃區，步行範圍沒有什麼像樣食鋪，這才有了「不得不做菜」的壓力。妻總笑說我是到這裡「留學」，才開始認真做菜的。

家裡就兩個人吃飯，買菜幾乎都在隔壁家樂福和街尾主婦聯盟，傳統菜場並不常去——對小家庭下廚新手來說，超市還是方便得多。做菜當然是做自己想吃的，也要照顧另一人的口味，幸好妻喜歡的我也多半喜歡。食譜上網找找，總有圖文並茂的指南和示範影片。漸漸發現很多望之儼然的大菜做起來不是難，而是麻煩。比方廣式脆皮燒肉、江米藕、紅燒牛肉麵，只要願意耐煩，在家都做得出。但當然，「做得出」和「做得專業」是兩回事。一道麻婆豆腐做了幾十次，每次都有點不一樣，有時偏甜，有時芡汁比較厚，有時花椒下得多。家常吃吃沒問題，朋友吃了說可以拿來賣，自己知道還差得遠。

起初寫食譜，是為了備忘。中年下廚，隨做隨忘，下次想要再做，又得從頭查起，不如趁熱寫下，以後查找方便。順手拍照上傳臉書，沒想到迴響熱烈，眾人追讀按讚，我竟變成許多人眼中懂吃懂廚之人。偶爾在家請客，大家也吃得開心。其實我做的都是自己喜歡吃的家常菜，先記得「對的味道」，盡量把那味道做出來就是了。

有人雖會做菜，卻深以下廚為苦。我則不然，一想到做菜就高興。對我來說，做菜是喘息，是療癒，是只要投入就一定有回報的創造性勞動。工作到一半看看時間差不多了，毅然起身離開電腦，進廚房洗洗切切，足以忘憂——沒有比這更正當的逃避工作的藉口了，人總要吃飯嘛。

而我是幸運的，有自己的廚房，有做菜的餘裕，還有每天一起坐下來好好吃飯的伴侶。妻的一句「好吃」，就是最大的獎賞了。

《也好吃》整理了我近年寫吃寫喝的文字和備忘的食譜，重看書稿，竟也讀得津津有味。這裡有我的家族之味，有我和妻的小日子，還有大疫期間閉門做菜的漫長歷程。書中吃食未必希罕，連結的記憶卻無比珍貴——如今我深有體會，能夠心無罣礙過太平日子，是天下最奢侈的事。

佈碗取筷，端菜上桌，坐下開吃吧。

輯一：念想

百頁包肉，我的家傳味

據說我在三歲之前是會說蘇州話的，能和外曾祖母（我們都叫她「老太太」）對答如流，後來全忘光了。我記得老太太個頭矮矮，駝著背，一雙「解放腳」碎著步子挪呀挪（小時候她母親試圖為她纏足，卻抵不過女兒哭鬧掙扎，只好放棄）。老太太晚年失智，八十一歲逝世，那年我九歲。

如今我記得的蘇州話只剩兩句，都和她有關。第一句是「我勒淴浴唷（我在洗澡呀）！」——小朋友冒冒失失闖進浴室，老太太大喊出聲，好氣又好笑。第二句其實不成句，就是「百頁包肉」（音近「巴依包牛」）。

我還沒斷奶就吃熟了百頁包肉，才懂得說人話就學會了它的吳語發音。很久以後，我才改用標準華語唸這四個字，而老太太、外婆、外公至死都只用鄉音喚它。

百頁包肉是老太太從蘇州帶到台灣的家族之味。若只能選一道菜代表我的「家傳味」，就是它了。

百頁又叫千張。豆腐皮壓成薄薄一大片，脱水變成半透明深黃色，又韌又硬，不能直接下鍋，得先用小蘇打加熱水泡發，再換幾遍清水，泡成軟嫩的象牙白方可料理。發得不夠咬不動，發過頭軟爛易破，拿捏全憑經驗。百頁發到一半先打個結，再繼續泡發至軟，就是百頁結（發好再打結反而易斷）。菜場有現成打好結的，但自己做總是更好吃。此物可炒雪菜毛豆、燉紅燒肉，也可入湯，妙用多矣。

百頁包肉是江南極普通的家常菜，吃過「油豆腐細粉」就一定認識它，切成斜段漂在細粉湯裡。家家做百頁包肉都有自己的配方：肉餡可加荸薺、香菇、雪菜、薺菜、筍丁、蝦米，既可煮在湯裡，也可蒸熟了乾吃，還可以淋上芡汁調料，變化無窮。我們家沒那麼多花樣，走極簡路線，豬絞肉加醬油。吃法也就一種，加金華火腿和冬筍煮湯。

媽媽説百頁包肉原是平常日子吃的，但要看時令，冬筍下市就不做了。

外公外婆逝世之後，我們只在過年紀念性地煮一大鍋，這才讓家常的百頁包肉變成帶儀式感的大菜，和燻魚、烤麩、三色蛋、涼拌蘿蔔絲、冬筍肉絲餡的炸春捲一起，守著團圓飯的滋味。

如今我們的百頁包肉比別人家大一號，乃因為多包一張百頁，做成雙層。這種做法別處不曾見過，並非祖傳，而是弟弟的發明：某一年除夕大家圍著桌子包百頁肉捲，弟弟深思熟慮，鄭重提議多包一層，果然軟厚彈牙，湯汁飽滿。從此雙層成為「決定版」，我們做這道菜總要多一道工，多耗一倍的百頁。

百頁發好，撈起備用。大盆放粗絞肉（肥三瘦七，才不乾柴澀口），拌上醬油，一點點麻油提香，攪至發黏。取大盤，攤一張百頁皮，一角朝自己。筷子取適量肉餡，整成長條，靠下橫擺。先包下緣，再摺左右，最後向上捲起。再攤一張百頁，剛做好的那捲當成餡，照樣包在裡面。另取大盤，平行放兩條棉繩，做好的百頁捲一層層疊在上面，十來捲紮成一捆。我們每次都會做十來捆，也就是一百多捲，要用兩百多張百頁。

家裡有口大湯鍋，過年做這道菜才會從櫥櫃深處抬出來。冬筍切一口大小，帶皮帶骨的金華火腿切塊，通通下鍋，上蓋，開大火，沸騰轉小火。百頁捲捆好，下鍋。我們常常包得太多，一鍋煮不了，還得另開一鍋。

冬筍是這鍋湯的靈魂，愈多愈美。過年冬筍金貴，一年就買這一回，必須捨得。有一年我甚至買過一斤八百的，簡直趁火打劫。但過年沒有冬筍，烤麩、春捲、十香菜、炒年糕、百頁包肉都做不了，八百就八百吧。

這湯愈煮愈鮮愈濃，鹹味全來自金華火腿和拌餡的醬油。不能急，讓食材精華咕嘟咕嘟慢慢釋放到湯裡。我們都是先煮上了，才去做別的年菜。團圓飯吃到一個段落，也就煮得差不多了。此時湯色金黃噴香，取小碗，挑一捆剪掉棉繩，挾一捲，盛點湯，站在廚房嘬著嘴邊吹邊吃。這捲百頁包肉，就是年夜飯的完美句點。

百頁捲一捆捆撈出放涼，再連湯帶料分裝外帶。我們夫妻倆每天熱個幾捲，可以吃到開市上工。

老太太是跟外公外婆一起來台灣的。外公外婆是中學同班同學，同年同月同日生，命中注定要在一起。兩人十九歲就結了婚，生下長女，便是我媽（媽媽比對自己生日和父母婚期，推斷外婆可能未婚懷孕，難怪老太太一輩子沒給過女婿好臉色看）。

老太太婚姻並不幸福，先生常常不在家。他在上海有個妾叫「老七」，和他生了兩個兒子。老太太頭兩胎夭折，好不容易生下外婆，於是把女兒當兒子養，剪短了頭髮叫她「弟弟」，十二歲才讓她恢復女兒身——外婆五十五歲乳癌逝世，一輩子颯爽豪氣，不大像傳說中婉約閨秀的蘇州女子。家族相簿有一張她十七歲的照片，笑吟吟地，背面自題「惠玉老爺」（汪惠玉是她的學名）。

媽媽說：多虧老七出面斡旋，才搞定了外公外婆的婚事。抗戰勝利，外公聽說台灣光復，有工作機會，乃決定放手一搏，渡海到陌生島嶼闖一闖。一九四六年底，夫妻帶著十個月大的女兒從蘇州來到台北，和外婆相依為命的老太太也一起來了。外公開了個車行（且很快學會一口極流利的台語），外婆在公路局上班，一家人住牯嶺街七十八號日式小平房眷舍。

小家庭安定下來，又生了一子（我舅舅）一女（我阿姨）。

一九四九年，外曾祖父想念外孫女（我媽），來台探親。不料戰局急轉直下，他再也回不去了。他和老太太這對怨偶，不得不在台灣度過餘生。十三年後的端午節，腸胃不好的外曾祖父一口氣吃太多粽子，竟致胃出血逝世，他至死沒再見到心愛的老七和兩個兒子。

老太太和外曾祖父都很會做菜（蘇州男人多善廚）。外公外婆都要上班，廚房就交給兩位老人家輪流料理。儘管家境並不寬裕，蘇州人一日三餐之外，例有傍晚一頓點心，晚上一頓宵夜，絕不能省。二老競爭心很強，總要比誰做得好做得巧，家人自然樂見其成。

百頁包肉，當時應該就出現在餐桌上了。媽媽說若沒有金華火腿，就會改用扁尖筍加冬筍，也好吃。那年頭，金華火腿是很體面的年節禮物，一隻腿送來送去，往往不知轉了幾手。媽媽記得家裡收到過一整隻，掛在房檐，用了好久才吃完。

是一九五〇年代初吧？一位小姑娘來到牯嶺街幫忙家務，照顧我媽、我舅舅和新生的阿姨。她出身加蚋仔（今萬華南區），姓楊，單名一個利字，大家叫她阿利。才十幾歲，非常勤快懂事。奇的是只說蘇州話的老太太，居然聽得懂（也只聽得懂）阿利的台語。

工作一陣子，阿利嫁人了。據說大婚之日，新郎是到牯嶺街來迎娶新娘的。婚後阿利專心顧家，生了四個小孩，直到孩子大些，才又回牯嶺街幫忙，且和老太太學蘇州菜，成為家中大廚。這次她做了快三十年，一九九〇年外公逝世，她才正式退休。

阿利「升格」為「阿利婆」，是我出生之後的事，當時她還不到四十歲呢。阿利婆照顧我們一家四代，見證了全部的悲歡離合。外公的訃聞上，她以「義妹」身分服喪。我在高雄訂婚，她是男方主桌貴賓，我們都覺得她是比親人還親的家人。

阿利婆體格精壯，眼睛亮亮，面膛泛紅光，一副脆亮的大嗓門。縱橫菜場多年，每個攤子都敬畏她。老太太和阿利婆上菜場，賣菜的見她倆各說各的語言卻能互相溝通，無不嘖嘖稱奇。阿利婆學得快，手藝好，融江浙菜和台菜的功夫於一身，且深諳每個人胃口喜好，把一家人養得服服貼貼。

阿利婆是我味覺記憶的奠基者。百頁包肉的做法，便是老太太教給阿利婆再傳給媽媽的。儘管在我有記憶的時候，老太太早已不下廚，她的手藝仍通過青出於藍的阿利婆華麗展現。我的童年真有口福！

阿利婆巧手整治的飯桌是 fusion 混搭風：雪菜黃魚、珍珠丸子旁邊，可以是一碗白菜滷、一盤白斬雞。她會蒸蘿蔔糕、炒米粉、拌油飯，端午節包台灣粽（她的北部粽是我心目中的定海神針），也會包湖州粽（甜鹹都要擱一塊潤肥的豬板油）。她還會包菜肉餛飩，皮厚而滑，狀如元寶，湯裡放蛋絲榨菜紫菜，點幾滴香油——吃過阿利婆包的，世間一切菜肉餛飩都只能是將就了。

有一道菜是肉絲、香菇、酸菜梗、筍子一段段切成同樣粗細，瓠乾攔腰綁成一束束煮湯，後來再也沒有喝到過那樣清香別致的湯了（多年後才知道它有個名堂叫「柴把湯」，是「山海樓」名物）。啊還有，阿利婆的瓜仔肉是我童年至高無上的美食，如今已永遠失傳，畢竟幾十年前阿利婆在菜場買的醬瓜，早已無處可覓。我曾試圖拿市售醬瓜復刻，結果一敗塗地。

我爸四十歲隻身赴美攻讀學位，一去兩年。問他朝思暮想回家一定要吃的是什麼？他說：就想吃一盤阿利炒的空心菜！

阿利婆退休之後，頤養天年，兒孫滿堂，二〇一七年逝世，享年八十二歲。她的好手藝我只知道吃，沒想到要學，如今只能從媽媽這邊揣摩。大部分菜色我們做出來也是好吃，但仍會感慨「還是阿利婆厲害」。唯一的例外，大概就是弟弟改良過的百頁包肉了。弟弟移居日本多年，我們去探親若時令正好，行李箱就裝些煮熟的冬筍，他會煮一大鍋百頁包肉以慰鄉愁，當然是包雙層。

牯嶺街外公家老屋早已夷平，變成了停車場。這鍋百頁包肉從老太太傳給阿利婆再到媽媽傳給我和弟弟，算算已經吃了快八十年。再過八十年將是二十二世紀，這鍋滋味還會在誰手裡傳下去呢？

只要還扛得動那口大鍋，我仍會買兩百張皮，做一百個捲，紮成十捆，切四五顆冬筍，一拳金華火腿，慢慢燉起。飯罷祭祖，屋裡將會瀰漫金黃馥郁的氣味。我將告訴在與不在的親人家人：嚐一嚐，這還是我們家的味道。

爸爸的酸梅湯

爸爸有一口很大的湯鍋。

有多大呢，大概可以當半歲嬰兒的澡缸吧。爸爸當初或許想買一口日本拉麵店煮大骨高湯的那種鍋子，但那樣的鍋非得專門拉瓦斯管，另設爐口伺候，家裡廚房消受不起。這口鍋，大概就是普通瓦斯爐台所能承受的最大尺寸了。

為什麼要買這麼大的鍋子，當初到底打算拿來煮什麼，已經記不得了。曾有一段時間，爸爸做菜興致很高，總是一口氣做很大份量，儘管家裡只有四口人。爸爸總說，份量大了味道才對。因為做一次就得吃上好幾天，做的幾乎都是燉滷，放得愈久愈入味。這口大鍋會不會是那段時間買來，打算一口氣滷五六個牛腱子，或者燉一隻全雞呢？不可查考了。

總之這口鍋子實在太大，日常做飯是用不著的。擺在櫥櫃裡，只在每年過年扛出來煮「百頁包肉」。更久以前，它還有一個固定任務：每逢盛夏，天熱到厭世的時候，爸爸便會用這口大鍋煮酸梅湯。

爸爸的酸梅湯是一絕。外頭火鍋店、川菜館子也有酸梅湯，往往標榜什麼老北京，又是桂花又是仙楂還有洛神花，喝起來卻比爸爸的差遠了。

爸爸的酸梅湯，只有三樣原料：烏梅、冰糖、水。外面賣的酸梅湯料理包，他是看都不看一眼的。

要煮出上好的酸梅湯，烏梅必須去中藥鋪子買。

爸爸不相信漢醫，從來不吃中藥。他和中藥鋪的關係，大抵就是這每年一次的酸梅湯了。他會買一大包烏梅回來，兩斤吧至少，一口氣一次煮完。

我也是後來才知道，許多客人光顧中藥鋪未必是為了治病養生。滷包的肉桂、八角、花椒、胡椒、甘草、陳皮，煮湯的枸杞、當歸、仙草，燉甜湯的紅棗、薏米，港式燒肉燒雞必不可少的沙薑粉，甚至中東料理必備的鷹嘴豆（中藥鋪叫雪蓮），都能在這兒買齊。還有現成的青草茶、苦茶茶包，回家煮一大鍋，可以喝好幾天。當然，加了山楂、甘草的酸梅湯料理包也是有的，但爸爸總是只買烏梅。

大鍋注滿水，煮沸下烏梅，轉小火咕嘟咕嘟熬一熬。看看熬得差不多了，再下冰糖，嚐一嚐，關火，慢慢放涼。這時候，帶著炭火味兒的又甜又酸的氣味已經飄滿全家了。

爐台蒸氣噴騰，廚房很熱。爸爸打著赤膊，穿條短褲，一面抹汗一面照顧滾著的湯。待到收工關火，爸爸會去沖個涼——大暑天氣，他一天至少得沖五次澡。

酸梅湯開煮的時候，陽光還很晃眼，斜斜從露台曬進來。等那一大鍋湯終於放涼，天已經黑了，該吃晚飯了。爸爸把烏梅撈掉，找出專為酸梅湯儲備的空寶特瓶，插上漏斗，用大湯杓一瓶一瓶添滿，扭上蓋子，放進冰箱。那口大鍋洗了刷了，晾乾收起。得等明年過年煮百頁包肉，才會再看到它了。

爸爸的酸梅湯非常濃，倒出來絕不能直接喝，得兌上至少五倍的水，或者加很多很多冰塊。煮一鍋，夠我們喝一個夏天。有了爸爸的酸梅湯，什麼汽水、可樂、果汁，都不需要了。

多少年沒喝爸爸的酸梅湯了。今年過年，趁我們搬出那口大鍋煮百頁包肉，我得記得問問他烏梅和冰糖的比例，還有水滾要熬多久。然後，附近找一間中藥鋪買一斤烏梅。

我想，今年夏天，應該是值得期待的。

三杯雞，蒜要後下

爸爸上館子很少點雞肉。不是不愛吃，而是看不上外面賣的肉雞。他自己下廚，一定買土雞，不然不如不吃。

爸爸做的三杯雞，吃過的都讚不絕口。尤其蒜瓣又香又甜，嫩而不爛。一端上桌，大家伸筷子挾的不是雞肉而是蒜瓣，蒜總是比雞肉先吃光。

起碼三十年前吧，我們家飯桌上就時不時會出現一鍋三杯雞了。後來，它更晉升成為年夜飯必備的一品。年夜飯，媽媽是主廚，爸爸只負責蒸一尾魚，做一鍋三杯雞。輪到爸爸上場，他會擱下筷子和酒杯，擦擦嘴，圍起圍裙，進廚房鏗鏗鏘鏘忙一陣。若是三杯雞，做好了才整鍋熱騰騰端出來。若是蒸魚，爸爸便回座再斟一杯酒，說：「十五分鐘！」（或十二分鐘，視魚大小而定。）然後慢騰騰挾菜吃，等到那尾魚即將抵達最好狀態，才起身回廚房，關火開蓋下蔥絲，淋一大匙熱油，這才盛大上桌。爸爸蒸魚是一絕，魚骨是恰恰斷生的粉紅色。他從不用秤，全憑手感。我問他怎麼知道時間，他總是說：多蒸幾次就知道了。

扯遠了，要講的是三杯雞。爸爸是什麼時候和誰學會這道菜的？他總是說：這哪需要學！他又是怎麼靈光乍現，決定把蒜留到最後才下，創造了我們家獨一無二的口味？也已不可查考（我猜多半是某次忘了放蒜，最後才趕緊補進去）。我們家年夜飯主軸是母系江浙口味，但這道台式家常菜插隊進來，好像也沒什麼問題。

爸爸已經難得下廚了。我想複製他的三杯雞，問食譜，他總是說：你來，我做一次給你看，說完就忘了。去年媽媽約我和妻回娘家吃飯，跟爸爸說：你就做一次三杯雞給兒子看吧！爸爸欣然從命，圍上久沒穿的圍裙，拿起鍋鏟，還是很像那麼一回事的。幾年沒做，盛盤一吃，還是那個味道。照例，大家先把蒜瓣給搶光了。

食譜說穿了很簡單，只要拿捏訣竅，誰都會做。

最好用鍋壁厚、能保溫的鍋。土雞（或者品質好的仿土雞）帶骨大腿兩隻（一定要帶骨），剁大塊。熱鍋下白麻油少許，老薑切片，小火煸香，雞腿拭乾下鍋，轉大火，煎至變色出油。下麻油、醬油、米酒——「三杯」說的就是這三樣，家家慣用的品牌口味都不一樣，份量可以自己調整，參考標準是每杯一百毫升。關鍵的麻油，份量隨喜，下滿一百毫升也可以，減半或更少也可以（爸爸只下三十毫升，我呢不明就裡下了一百毫升，結果香氣衝腦，也很讚）。下糖一大匙、鹽少少，攪拌均勻，上蓋。中火燜煮五到七分鐘，至雞肉熟透（筷子戳進去不冒血水就行）。

接下來是關鍵：既要收汁收得恰到好處，又要蒜瓣嫩而不爛。若雞肉已熟，湯汁仍多，就轉大火稍微收一下（不要收太乾，留些湯汁很好用），若湯汁已乾而雞肉仍夾生，或是怕焦鍋，可以加點水續煮（有人主張三杯不可加水，我覺得無所謂，好吃就好）。若嗜辣，此時可下斜切的辣椒段。

進入最後階段，大蒜才要登場。看看湯汁收得差不多了，下剝好的蒜瓣（愈大顆愈好）一大把，拌進去稍微煮兩三分鐘，上蓋關火，燜五分鐘

（若是小蒜瓣，可直接關火燜，不用煮）。開蓋，拌入九層塔一大把，即可上桌。

有了這一鍋，人人都會多盛一碗飯。剩下的湯汁萬萬莫扔，澆飯、拌麵、甚至隔天再拿來做三杯中卷，皆妙（所以麻油多下點無妨）。

姑奶奶的茄餅

我爺爺是很了不起的地質學、古生物學家，一輩子的精力和才華都投入學術研究，幾乎毫無心思經營照顧自己的家庭。爺爺晚年失智，躺在臨終病床，口中喃喃的仍是科學名詞，雙手淩空比劃洋流和板塊的移動，至死都沒有一句交代家裡的事。

爺爺享年八十，那時我小學二年級。我沒有和爺爺一起吃飯的記憶，倒是記得他泡在玻璃杯的假牙。

我聽爸爸說：爺爺早年做研究，會扛一麻袋饅頭進研究室，饅頭全吃完了才「出關」。戰亂的年代，他帶著學生踏查土匪出沒的窮鄉僻壤採集地質標本，想來在吃這方面，爺爺是很可以將就的。

一九四六年，爺爺來了台灣，帶著我爸爸、我姑姑、還有姑奶奶姑爺爺（爺爺的妹妹和妹夫）一家，住在青田街七巷六號日式老宅（那裡現在變成人文空間「青田七六」）。爸爸在姑奶奶、姑爺爺的暴力霸凌下度過童年和少年，青春期便被逐出家門，和爺爺的關係始終疏離。直到爸爸出社會好幾年，帶著未婚妻（我媽）回家，父子才終於有機會和解。

父子破冰的那頓飯，是一盤茄餅。茄餅又叫炸茄盒——茄子切斜片，夾韭菜豬肉餡兒，裹上麵糊煎炸就成。以爺爺家的標準，那是宴請貴客的大菜了。

爺爺家掌杓的是姑奶奶。兩家老小，全靠爺爺一個大學教員的薪水，拮据可以想見。飯桌上經常就是一盆酸菜炒蠶豆下飯，酸菜是姑奶奶親手醃的——她的東北酸菜很受同鄉歡迎，祕訣是封缸前澆上兩勺涼粥。爸爸從小吃怕了蠶豆，我和弟弟記憶中從未在家裡吃過此物。

爺爺家只有過年打打牙祭。有餃子（那是東北人心目中至高無上的美食，也是韭菜豬肉餡兒），還有酸菜白肉鍋（鴨血、牡蠣、血腸、蝦米、白肉、還有姑奶奶的酸菜，算是非常豪華了）。

那，茄餅什麼時候吃呢？大概是日子過得比較好的時候吧。

爸爸要結婚了，帶著美麗的未婚妻回到青田七六。姑奶奶七手八腳做了茄餅待客，還煮了綠豆粥——東北人吃茄餅，例佐綠豆粥。媽媽說：外公外婆都是蘇州人，從小吃慣了甜。那天她生平第一次吃到不加糖的綠豆稀飯，很不習慣。但和茄餅配著吃，慢慢也覺得很可以了。

後來媽媽跟姑奶奶學會了茄餅的做法，我們小時候偶爾也會吃。做茄餅就像包餃子，是大陣仗的工程，一次總得做幾十個。一頓吃不完，剩的冰起來，隔天回烤一下也好吃。媽媽拿茄餅給我們帶便當，照說學校蒸飯箱蒸過，餅皮都軟了，口感差矣，我仍吃得津津有味。

二十幾年沒吃茄餅了。那天和媽媽提起，她興致勃勃說來做來做。媽媽屋頂菜園種了很漂亮的韭菜，正好拿來拌餡。我放開肚皮吃了個飽，還帶了一大包回家，並且趁機學會了做法。

先拌餡：豬絞肉一斤加醬油、白胡椒、白麻油、鹽，醬油淋個三圈應該差不多。韭菜一把切丁，盡量多放，不用擔心，惟須先瀝乾或晾乾，否則拌餡會出水。通通攪勻，備用。

再調麵糊：中筋麵粉三百到四百克，打入全蛋兩顆，加水調勻，大致調成筷子畫圈會留下痕跡的濃度，就差不多了。

選三支挺直少彎的茄子，比較好切。整支洗淨，去梗，斜刀分段切成「餅身」：保持一刀切斷、一刀不切斷，兩刀距離約半公分。

肉餡填入茄餅，盡量塞滿，稍微整一整溢出來的餡料。

媽媽用的油量並不多，說是「炸茄盒」，其實更近於油煎。平底深鍋熱油，約半指到一指高足矣。待微起油煙，調到中火，茄餅裹上麵糊入鍋，鋪滿鍋底為止。先不翻動，等一面煎得差不多，再用筷子翻面。怎樣叫差不多？麵糊轉為金黃就可以了。

煎好夾出來，放在架上瀝一下油。若茄餅較厚，豎起來煎一煎側邊再起鍋。茄餅量多，必須分批下鍋，記得換一批之前先撈掉焦渣，免得壞了味道。

媽媽說：若要趕著整批上桌，還可以同時熱兩個鍋，另一鍋用「煎餃」

的做法，不必一直守著，蓋上鍋蓋讓它自己煎熟就行——鍋裡淋兩圈油晃一晃，轉中火，茄餅裹上麵糊放下去，蓋上鍋蓋悶煎一下，待底面麵衣凝固，從鍋邊倒水一米杯，重新上蓋。待水蒸乾，開蓋，茄餅翻面續煎至金黃，即可起鍋。我覺得此法簡便，或許更勝「古法」，值得參考。

起鍋瀝油一分鐘，取大盤，墊餐巾紙吸油，排上茄餅，即可上桌，小心燙。吃茄餅可蘸醋醬油，但什麼都不蘸，已經風味十足。爸爸吃了，胃口大好，一不小心七八個已經下肚，直打飽嗝。

吃不完的放涼裝盒，隔頓兩百度回烤十分鐘，仍好吃。最好稍微蓋一下鋁箔紙免得烤焦，但也不要包得死緊變成蒸烤，麵衣就不脆了。也可以平底鍋中火乾煎，更快。若需久存，可放凍庫，吃之前室溫解凍再加熱。

我猜，從前在青田七六，茄餅出鍋上桌的時候，爺爺、姑奶奶、年幼的爸爸，臉上都會露出難得的笑容吧。

想我暖胃的阿姨們

生平第一次聽到女性說「幹恁娘」，是在那個賣肉圓四神湯的路邊小攤，說得行雲流水，很是好聽。

那時我還是個楞小子大學生——說來慚愧，這兩味小吃我真的是長到二十歲才在那個小攤初次吃到。我總會先把肉圓的皮吃掉，舀兩匙四神湯到碗裡攪一攪，稀釋一下重口味的醬料，再連著肉餡兒稀哩呼嚕吃下肚。那日吃著肉圓喝著湯，一面聽擺攤阿婆和另一位阿婆聊天。阿婆感慨著笑罵了一句「幹恁娘」，我們差點兒把嘴裡的湯噴出來。另一位阿婆笑著比比我們說：「你嘛較注意咧，小姐嘛佇遐笑你啊！」阿婆益發興起，又補了一次「幹恁娘咧！」笑吟吟地。

我們都笑了，那麼風情萬種的「幹恁娘」，後來再也沒聽過了。

肉圓四神湯這類小吃，並不在我這個外省家庭的守備範圍。不只這樣，有些事情原本覺得理所當然，長大才發現並非如此。比方說，豆漿店的飯團。

糯米蒸了，飯匙舀來趁熱攤平，包一截老油條，撒上調料捏成飯丸，我爸叫它「粢飯」（很多年後我才知道要這樣寫）。我們總是一面咬，一面把飯丸捏回原形，直到最後都要盡量保持形狀。在我心目中，飯團當然是甜吃：撒上白糖花生粉，融化的糖水滲進滾燙的糯米飯，老油條在嘴裡脆脆崩開，美極了。我們從小這麼吃，不曾想過世界上也有餡料五花八門的鹹飯團。多年後發現許多朋友從來不知道飯團有甜口味，令我驚愕不已。吃，果真是文化習慣。

扯遠了，我要說的是買糯米飯的事情。話說那時候我已經上大學，弟弟是高中生，父子三人去豆漿店外帶粢飯。掌爐大娘隔著霧騰騰的蒸籠滿臉笑著恭喜我爸：「瞧您這福氣，生的倆大姑娘個兒這麼高，白白淨淨，一個比一個俊哪！」我們被爸爸嘲笑了一整天，且不怪人家眼睛不好，是我頭髮留得實在太長了。

包老油條捏成飯丸的粢飯漸漸少了，現在多半包新鮮油條捲成短棍。

新油條被糯米這麼一燜，口感韌軟，不再脆口。難得吃到老油條的版本，竟會油然生出鄉愁的況味了。

這幾年廚藝頗有精進，都是因為家附近沒有像樣的飯鋪，只好自己做。理想的社區餐館，所求不多：麵飯煮得可以，材料新鮮，清爽乾淨，雞粉味精少放，於願足矣。可惜，迄今仍然沒有這樣一間店。

之前住民生社區，就有這麼一間仿若「我們的廚房」的小店，招牌寫著「養生料理坊」——「料理坊」好像很文青，其實就是也可內用的便當店。沒有任何花裡胡哨的菜色，就是老老實實的煎魚、肉排、雞腿，配菜大抵是豆干、海帶、青菜、南瓜、炒蛋，也有剝皮辣椒雞湯之類搭配。然而口味清雋，完全就是「家裡的味道」。須知開餐館而能做出「家裡的味道」，是非常不簡單的事。

顧店阿姨身兼主廚，選定主菜，可挑三樣配菜。選完一樣，阿姨便會催著說：「再來！再來！」咻咻湊滿一盤。我總想多給她十塊二十塊多要一兩樣小菜，但阿姨從來不曾理會，三樣就是三樣，她也有她的規矩。

家附近有這樣一間小飯鋪，是很令人安心的。然而一陣子沒去，竟然歇業了。

民生社區還有一家小小的餛飩店，也曾經是「我們的廚房」：一對老夫妻掌廚，賣抄手、菜肉蝦肉鮮肉餛飩、麻醬麵擔擔麵牛肉麵，老老實實簡簡單單，從不標榜什麼不得了的食材，店裡也沒有惡聲惡氣的電視機，而是很老派地擺一台收音機放音樂節目。他們的辣油極之厲害，我原本不吃辣，因為這家店才訓練出「辣膽」。阿姨非常和善，講話輕聲細氣，只偶爾對老公兇一點。

這種店永遠不會有網紅自拍貼ＩＧ，也永遠不會上電視，這樣最好。但他們居然也攢夠了錢，搬去更大店面，擴大營業。我們光顧新址，阿姨臉上少了微笑，老闆也一臉疲憊。餛飩還是老樣子，我們卻提不起興致再去。老店開了總有二十多年，搬家之後卻沒幾個月就關門了，也不知發生了什麼事。

但願他倆是決定退休過平安日子。就算那樣好的餛飩從此吃不到了，我也還是為他們高興的。

那條民主香腸

本想寫寫這些年音樂祭的食物考察心得，一路追索和一大群年輕人一起熱血吶喊的原初記憶，竟冒出了一九九〇年的一條烤香腸——那不是什麼音樂祭，我們的年代還不流行那個。

一九九〇年三月中正廟廣場爆發「野百合」學運，抗議國民大會「老賊」修憲自行延長任期，以及爛戲拖棚的高層政爭。那時我是大一學生，腦袋一熱也跑去現場靜坐。我到現場的時候總共才幾十人，後來愈聚愈多，人群從門外移師廣場，各地大學陸續罷課，漸漸來了幾千同學。現場也拉起糾察線，成立指揮中心，還擺出了捐款箱。只有拿學生證的人才可以進入線內，以保持「學運的純潔」。不過捐錢是來者不拒的，捐款箱總是塞得滿滿當當。指揮中心就在國家劇院迴廊，階梯頂劇院入口變成主舞台，各方社會賢達前來慷慨助講，地下樂團來義唱，古典音樂家擺開陣勢拉琴，學長姊帶大家唱〈美麗島〉和〈國際歌〉，節目十分豐富。雖然下了幾場雨有點討厭，只能拿免費發放的《首都早報》墊一下屁股。

我們靜坐並沒有餓著，不斷有民眾送吃食來。清早下起綿綿的雨，我們裹在輕便雨衣和泡濕的睡袋裡（雨衣和睡袋都是民眾捐的），讀剛剛送來的《自立早報》和《首都早報》，便有人傳過來鋁箔包飲料和麵包，似乎還有塑膠袋盛著的饅頭夾蛋，咬下去猶有餘溫。記憶中還有民眾載來整鍋麵線羹，大家排著隊拿紙碗盛來吃⋯⋯這是確有其事呢，還是記憶濾鏡浪漫化的幻想？

中正廟廣場人聲鼎沸，國家劇院這邊是大學生在抗議，對面音樂廳階梯上則是當年新創不久還常被媒體譏為「穿拖鞋嚼檳榔低俗亂黨」的民進黨群眾，隔著廣場聲援。兩邊擴音喇叭有時互相干擾，我們這邊的同學就會拿起麥克風義正辭嚴喊話：「對面民進黨的可不可以請你們先不要講話安靜一下，我們學生這邊在宣布重要的事情！」少頃，對面傳來回答：「好的同學，我們這邊先暫停，給你們先講！謝謝！」

看熱鬧的人絡繹不絕，人多處必有攤販。中正廟廣場擺著一個又一個的地攤和推車，有吃的，也有賣雜誌和錄影帶的。那年頭沒有網路，報禁剛剛開放，廣播電視還是黨國把持。要看電視不會播的許信良機場闖關、朱高正問政實錄、鄭南榕自焚現場、鹿港反杜邦抗爭，只能買地攤上的「綠色小組」錄影帶，那些攤販可能也是他們僅有的零售門市吧？不只這樣，地攤也兼賣歐美日本A片，還有「食人族大屠殺」之類煽色腥錄影帶。「後解嚴」時期政治和身體一齊解放，大腦跟下半身同步鬆綁，那個攤子便是具體而微的風景了。

靜坐不免無聊，我們幾個哥們兒晃出糾察線，在烤香腸攤和老闆對賭「十八仔（sip-pat-á）」：攤子上一隻缺角的瓷碗公，我們和老闆輪流擲骰子比大小。哥們兒擲骰子的姿勢非常帥，可惜老闆技高一籌，我們輸到光屁股。老闆卻還是送我們一人一條，豪氣地說：「恁攏是大學生嘛，無要緊，來，一人一支免客氣！」

那應該是我生平第一次吃路邊攤的烤香腸。味道大概是不錯的，但心思早被老闆口中「大學生」三個字激起的無上虛榮佔滿了。

所謂「民主香腸」攤子儼然是台灣「後解嚴時代」一景，我卻只光顧過那麼一回。我很想說從此再也沒有吃過那麼美味的烤香腸，但那樣就太不老實了——烤香腸大概就和台灣的民主一樣，永遠沒有完美這回事吧。

所謂大人，就是懂得自討苦吃

我們家大人向來是喝茶的。咖啡這種東西，很遲才在家裡出現。怎麼喝，也是後來才學會的。

小時候，外公在櫥櫃深處找出一鐵罐咖啡粉，忘了是誰出國帶回來的禮物，也不知道擺了多少年。外公完全不知道怎麼對付這種洋玩意，他想：都說是「煮咖啡」嘛，就把半罐咖啡粉倒進湯鍋，加水煮。既然要「香濃」，那就滾久一點，煮他個十五二十分鐘，總該可以吧。

那鍋黑乎乎、滾燙燙的湯水盛進杯子，外公喝了一口，很生氣地說：「喝這種東西，自討苦吃！」就整鍋倒掉了。

我沒喝到那鍋恐怖的黑水，卻始終記得那股味道，像中藥，還有股焦味。大人為什麼覺得喝這種東西很時髦、很風雅呢？

不過大人本來就會吃喝一些又辣又嗆又苦又鹹的東西，還都一副很滿意很高興的樣子。所謂長大，大概就是那麼回事吧。

又過了幾年，才喝到人生第一口咖啡，那時候我六年級，去鄰居小朋友家玩。大人都不在，他鎮定自若拿來一罐「伯朗咖啡」，有點神祕又有點得意地說：這個很好喝，大家一起喝。

我當然不會承認自己沒喝過咖啡，但想起外公那鍋黑湯，還是有點兒怯場。硬著頭皮抿了一小口，居然甜兮兮地，沒有大人說的那種苦嘛。原來只要糖和奶下得夠，咖啡就沒那麼難喝了。

不過，世界上還有太多好喝的：加很多糖的紅茶，各種果汁汽水，養樂多，調味乳，好立克，阿華田，珍稀的可爾必斯，時新的運動飲料……，我一點都不想念那罐伯朗咖啡。

高中二年級，請了八百堂公假編校刊，幾乎沒進教室上課，大考前夕只好熬夜K書，一面念一面打盹。這樣下去大概非留級不可，忽然想起誰說喝了咖啡就會睡不著覺，便到廚房翻出玻璃罐裝「麥斯威爾」即溶咖啡

——也是不知誰送的，爸媽偶爾會泡來請客人喝，平常是不怎麼喝的。放久受潮結塊黏在瓶壁摳不下來，我乾脆直接倒熱水進玻璃罐，加五大匙奶粉、三大匙糖，蓋上蓋子猛力搖勻，再倒出來喝。

那咖啡比藥還苦，比咳嗽糖漿還甜。一口氣飲盡，咖啡因直衝腦門，渾身狠狠打了個顫。它果然不辱使命，我生平第一次體會什麼是「身體極疲倦，卻完全睡不著」，睜眼熬到天亮。

那一夜，我確定自己是「不耐咖啡因」體質，咖啡濃茶都會令我失眠。拜咖啡因之賜，接下來十幾年，我變成了夜貓子。獨自關在深夜的房間，寫了好多字，看了好多書，聽了好多音樂，彈了好多吉他……只需要一包即溶咖啡，整個夜晚都是我的。

這樣的生活，直到結婚才結束。妻是上班族，我必須和她一起變成早睡早起的人。從此保持警惕，下午三點之後禁咖啡、禁茶。偶爾躺在床上翻來覆去一兩個鐘頭睡不著，才忽然想起哎呀傍晚不該喝了一杯。

後來的我，在家煮了超過一萬杯 espresso，多少也變成講究咖啡的大人了。每天早上榨出一杯黑乎乎、濃醬醬的苦湯，一口氣喝下，是醒腦安神的日課。

所以，所謂大人，就是把自討苦吃變成一種享受，一種儀式——這個道理，小時候自然是不會明白的。

人生第一杯卡布其諾

那個年代的咖啡店，還沒有演化成現在的「文青店」模樣，也就是牆上多半掛一幀反核旗，店裡多半播格調高冷的獨立音樂，但顧客多半掛著耳機自顧自瞪著筆記電腦或手機。barista 髮型多半很酷或許還有刺青而且很少笑，生意不忙的時候也多半瞪著自己的筆記電腦。煮咖啡的表情往往讓人以為不是很情願，但多半都能端出無懈可擊的美麗拉花……。

總之這樣的咖啡店，我們那時候是沒有的。我們去的那家店叫做「彼得咖啡」，就在學校對面，很方便。店面很小，推門進去，烤餅乾的香味撲面而來——再厭世的憤青，都會立刻被那溫暖甜美的氣味收服安撫，於是每桌都有一碟餅乾。

我在「彼得」生平第一次喝到一種叫做「卡布其諾」的飲料，牛奶打成鬆鬆的泡沫蓋在咖啡上，撒上肉桂粉（還有彩色糖粒），磨上一點檸檬皮，十分新奇。認識「卡布其諾」之前，我們喝罐裝咖啡和即溶咖啡，也會在賣簡餐的店喝附餐熱咖啡，唯有比較「正式大人感」的場合，在賣虹吸式的咖啡店，才會單點一杯「曼巴」。忘了跟哪位大人學到的：小盅奶精沿杯緣倒進去浮在表面，不攪直接喝，自以為內行，感覺良好。

對「咖啡店」這種地方最早的印象，大概是童年常見的連鎖店「蜜蜂咖啡」，店名來自桌型射擊電玩「小蜜蜂」：每張咖啡桌都是遊戲機，玻璃桌面底下就是遊戲螢幕，按鍵和投幣孔在桌側，一局五元。爸媽偶爾心血來潮，會帶我們去「蜜蜂咖啡」吃一盤臥著一枚荷包蛋的青椒牛肉燴飯。還不到喝咖啡的年紀，附餐總是冰紅茶、柳橙汁。我一面拿湯匙挖著飯，一面盯著螢幕示範畫面，看戰機一砲一砲殲滅編隊來犯的外星怪物，卻從來不曾開口要求爸媽給我五元讓我玩一局，大概覺得在咖啡店打「小蜜蜂」是不良少年才會做的事吧。

去「彼得」不是因為咖啡好喝，事實上那杯花俏的卡布其諾味道頗是焦苦。不過我們並不講究這些，況且餅乾真的很好吃。那年頭我們永遠有說不完的話，在「彼得」捉對懇談，從白天聊到黑夜直到餅乾續了一盤仍然感到餓，才轉戰「鳳城」吃三寶飯。若是沒有交談對象，就用寫的，一杯咖啡可以換來一整下午不受打擾的時光。彼時生命中最重要的事情除了談戀愛，就是編一份發行量四千的校園刊物。我偶爾會在「彼得」的木桌攤開稿紙，企圖寫出振聾發聵催人淚下的名篇，但多半效果不彰。在那溫甜的餅乾氣味包圍中，大抵是寫不出什麼革命檄文的。

「彼得」老闆後來移民國外，幾位捨不得的顧客竟合力盤下這間店，據說老闆悉數傳授了手工餅乾祕方。換手經營之後我去過幾次，口味依舊，可惜終究沒能撐下去，那餅乾遂成絕響。

「彼得」關門之後，義式咖啡在台北初初冒頭。我和當時女友後來的妻在辛亥路巷子發現一間小小的咖啡店「帝維納」，專賣義式咖啡，這才知道真正的卡布其諾是什麼意思。我們和店主小胡夫妻變成了朋友，曾和滿場熟客在聖誕夜聽他在調暗了燈的店裡唱歌劇，技驚四座。我也吃過許多次隱藏菜單的義大利麵，即使後來的人生遇到許多厲害料理，那盤清簡完美的辣椒大蒜麵依然令我想念。

「帝維納」讓我入了坑，買了生平第一部家用義式咖啡機，還曾搬到店裡讓小胡教我使用鋩角（mê-kak）。後來「帝維納」搬到龍潭，遠離我的生活圈，但當年喝到的味道，成為從此「校正」咖啡口味的標準。許多年過去，在家煮義式咖啡早已成為奉行不渝的日課，磨豆機、咖啡機也有幾輪升級。然而心裡悄悄在追尋的，或許還是當年在「帝維納」喝到那人生第一杯「正確的卡布其諾」。

至於「彼得咖啡」的手工餅乾，那滿室溫軟的甜香，就像曾經的青春，深深記在心裡。那滋味，是永遠不會再有了。

一起吃早餐

從十八歲上大學到三十三歲結婚，十幾年光陰，除了當兵兩年每天啃饅頭，難得吃一頓早餐。除非熬夜過了頭，天都亮了，偶爾會興起出門，騎十幾分鐘摩托車，專程吃一頓早餐，再回家睡覺。

跨上摩托車，還是濛濛亮的天色。路上人車杳然，只有早班公車盡責地靠站離站，在寂靜的大街發出巨大的吭哧聲。我在豆漿店總是點一個糯米團（甜口味的「糖飯」，只放老油條、白糖、花生粉），一碗鹹豆漿，一份蛋餅。若是很餓，再加一套燒餅油條。慢慢吃完，騎車回家，天色已然大亮，人車雜遝，整座城市精神矍鑠地運轉起來。只有我逆著大家的方向，撐著肚子睡眼惺忪回家，一覺到中午。那些年，我的生理時鐘大概和歐洲東部時區同步吧。

所以青春時光的早餐，總是睏倦著，夢遊一樣吞下肚的。就生理功能而言，更近於許多人的睡前宵夜。

婚後，我的作息一夕之間調回「正常時區」，和上班族的妻同步。早餐這件事，從此變成日常生活一部分——婚前慣性熬夜不吃早餐的我，從沒想過「做早餐」會變成每天起床第一件日課。

早餐吃什麼呢？不外乎咖啡、主食、水果。

早餐的核心，是咖啡。我和妻都咖啡成癮，沒喝就醒不過來，甚至還會有頭疼暈眩的戒斷症狀。幸或不幸，我們在義式咖啡初初引進台灣的九〇年代中期，就認識了極認真的 barista，喝過了極好的店，從此再也沒法將就了。於是即使在家做咖啡，也得有家常的講究。

咖啡對了，身心安頓，其他都好說。比方麵包，自從用鑄鐵鍋和烤箱做鐵鍋麵包，已經很少光顧麵包店。還學會了用電動攪拌棒打花生醬，吃過自己做的，就再也回不去了。

妻十二歲上國中以來，岳父每天早上都會削一顆富士蘋果，煮一粒白煮蛋，塑膠袋裝好。等她終於賴夠了床，匆忙漱洗更衣，出門前只來得及喝一杯牛奶。這袋早餐，是拎上公車或帶到學校才吃的。一果一蛋的早餐，持續到她上高中、上大學、出社會，除了出國留學，從來不曾中斷。岳父並非善廚之人，他畢生最細心、最持久的廚房活兒，就是每天早上替女兒削的這顆蘋果和這粒白煮蛋。這項早餐任務，直到出嫁才終於結束——岳父應該是若有所失的。

結婚之後，我接續這早餐的日課，起初也有讓岳父放心的意思，後來就變成習慣了。先煮兩顆蛋：單柄牛奶鍋，水沸轉小火滾七八分鐘就行。我喜歡溏心蛋對剖，滴兩滴白曝醬油。妻喜歡全熟，不用油鹽佐料。我總是先撈自己那顆，妻那顆多滾三分鐘。

趁著蛋在鍋裡滾，一面烤麵包，煮咖啡，當然還要削蘋果，當然也是富士。

說來慚愧，我在結婚之前從來沒用過「刮皮刀」，也從沒注意媽媽是怎麼使的。幸好上手不難，很快就用熟了。很久以後才發現自己削皮是從外而內由上而下，跟大多數人相反。無所謂，蘋果一樣好吃。

後來妻上班已不大需要趕時間出門，我們遂能坐著吃一頓早飯，閒話幾句，再開工面對這一天。這一片自家的麵包，一杯咖啡，一顆蘋果，就是我們的好日子了。

酷店必須有好音樂

去台南作客，朋友帶我們穿街過巷來到開山路一幢老公寓，走上二樓，竟是一間滿是舊物舊書舊家具的酒吧，布置得很自在很雅致，絕無「刻意復古」的做作。女老闆一人顧全場，酒單品項不多，但選得很精，調酒尤其有底氣，手做的下酒小點也講究。店貓黏人得很，更是一大加分。

不過最厲害的，還是店裡的音樂。大概二十年沒有這樣的感覺：味道完全正確，好聽得要命，但有一半從來沒聽過。倒不是說如今的酷店音樂不行，而是我多年不混pub也不在外熬夜，早就沒有「夜生活」了。

以前在酷店聽到不認識的厲害音樂，會厚著臉皮去問店老闆在放什麼歌。如今手機APP可以代勞，那天邊聊天邊滑手機，認識了好幾個陌生卻厲害的音樂人。我還在那兒聽了大半張地下搖滾宗師 The Velvet

Underground《Loaded》專輯重發版附贈的珍稀實況錄音，一九七〇年的樂聲糊糊濛濛卻依然生猛無匹撲面而來，一時恍若隔世。上一次類似的狀況是一九九六年，我在公館「挪威森林」咖啡店聽老闆阿寬一口氣從頭到尾放完了The Velvet Underground五張CD的大盒裝。

年少時的「酷店」，裝潢、燈光皆遠不如現在的酷店那樣有強烈「風格自覺」，吃喝其實也就那麼回事，甚至咖啡也未必多麼好喝。最重要不外乎三件事：酷老闆、酷顧客（好啦那時候我們其實只會裝酷）、酷音樂。不消說，這三件事是彼此連結的。

那年頭沒有智慧手機，沒有人去咖啡店會打開筆記電腦插上耳機，把自己鎖進虛擬的殼裡劈哩啪啦敲鍵盤（筆電還是一種笨重昂貴的高科技機具）。去咖啡店要嘛是約會或找人談事，要嘛就是拿本書消磨時間，或者攤開紙筆做功課。另外一種地方叫pub，音樂和聊天的聲量都比較大。那時候的pub頗有幾間音樂極好的，裝潢就是簡陋的松木條釘成一大片，喝來喝去不外乎可樂台啤，然而哥們兒在那樣的地方瞎聊，往往會不約而同靜下來聽一陣店裡的音樂，再讚歎地罵一聲：「幹，竟然放這首，算你狠。」

一間像樣的酷店要有像樣的酷音樂，必須自備像樣的武器和充實的軍火庫。有的咖啡店標榜高檔真空管音響（主要放古典樂，後來才有些店開始放爵士樂），可往往音量弱弱的很小氣，壓根兒聽不出真空管哪裡厲害。客人也不太介意，放大嗓門聊天，再高貴的音響都不免憋屈。

對我來說，最棒的是那種邊角有刮傷撞痕的舊喇叭，配一部旋鈕磨得掉了色的擴大機，放出來的聲音帶稜角和毛邊，彷彿隨時要破但總是不會破，這樣的音響最好。

然後，老闆必須有一櫃——對，一櫃，而不是一排或一架——的CD庫，可以隨時視天候、時勢、心情轉換曲目。你知道那一櫃CD只是老闆蒐藏的一部分，有些重要的東西，他會在必要的時候從家裡帶過來放，救贖自己，也救贖這一天正好在場的客人。

一九九七年冬一個寒風呼嘯的下午，漫天低低的烏雲能吞掉你，空氣很髒，城市很醜。我凍得牙齒打戰，順著斜坡摸進天母的「雅圖」，只想弄杯熱飲驅寒。推開門，音樂緩緩流過來，包圍了我。那是Nick Cave and the Bad Seeds 剛發行的新專輯《The Boatman's Call》：

我原不信天使真的存在
但我望著你，不禁懷疑起來
若我信了，我會召喚祂們都來此處
請祂們將你看顧
為你點燃每支蠟燭
清楚照亮你的路途
讓你行走，優雅地
滿懷愛意，如同基督
引你入我的懷抱
我的懷抱，主啊
我的懷抱……

啊我懷念那樣的一家店，它可以在關鍵時刻救你一命。直到現在，我每次聽到這首摯愛的歌，總會聞到那天暖烘烘的咖啡香。

一個不是太愛喝酒的人想到的事

人生第一口酒是爸爸餵的，那年我不超過三歲。估計爸爸也是醉了，很慷慨地裝了一奶瓶啤酒，我也居然咕嘟咕嘟喝了大半瓶。據說後來興奮得整夜不停翻筋斗。不知道是不是那回喝壞了，直到長大成人，我對酒都沒有太多興致。

爺爺奶奶爸爸均善飲，外公外婆媽媽這邊則不怎麼愛喝。據說爺爺極能喝，我沒親眼見過。爸爸也愛喝，小時候家裡攢著大罈子裝的金門大麯，酒精六十八度。爸爸說它可以直接蘸棉花消毒傷口，拿筷子沾了給我嚐，看我嗆得皺眉瞇眼，引以為樂。

有一天，爸爸可能想學巴黎窮藝術家喝苦艾酒那樣放一塊浸酒點火的方糖？他把全家燈關了，斟一杯高粱，劃根火柴，立刻冒起薄薄的青藍色火燄。爸爸舉起杯子，得意地繞著客廳走，像拿花燈遊街。我和弟弟興奮地跟著繞來繞去，啪一聲瓷杯燒裂，酒流了一地。我再也沒見過那樣美麗的一杯高粱。

長大一點，見善文善歌者多半善飲，以為喝了就能拿到「大人世界」的門票。十七歲，和哥們兒去放搖滾樂的 pub 頹坐，也只會喝啤酒，也不知道哪裡好喝，往往加很多冰塊，這樣喝得更久一點。一瓶台啤六百西西總也喝不完，起身去廁所卻有點頭重腳輕了。吸著瀰漫的二手菸，聽著轟轟的老搖滾，腦袋抵在廁所牆上，想，啊這大概就是長大的感覺了吧。

酒是搖滾的燃料，The Doors 英俊不可逼視的墮落王子 Jim Morrison 就老浸在酒缸裡。一下要你帶他去最近的威士忌酒吧，再喝不到就同歸於盡。一下又唱說一大早爬起來先給自己開一瓶啤酒，反正未來不知會怎樣，末日永遠在眼前。

我邊聽邊想：日子要過得多失控，才會喝啤酒當早餐？又想，乾脆睡到下午再繼續喝，不是更 rocker？原來「今天早上爬起來」是行之有年的歌詞套語，早在二十世紀初，揹吉他走鄉闖鎮的黑人藍調歌手就一天到晚在唱這句。藍調歌裡「今天早上爬起來」之後肯定沒好事：女人跑了，頭疼得要死了，鞋不見了，病得下不了床了，魔鬼來敲門了。Jim Morrison 還能喝啤酒，算是活得比較滋潤的。

藍調歌手無不嗜酒，不嗜酒無以唱藍調。從歌詞看，他們最常喝劣質威士忌，其次喝琴酒，偶爾也喝一兩杯葡萄酒。至於啤酒，那是拿來解渴的，不算酒。

藍調歌手最慘的時光，是二、三〇年代之交美國禁酒令時期，歌手走江湖只能喝愈來愈貴的私釀貨，偏又遇上經濟大蕭條，常常窮得沒酒喝。私酒行話叫「月光」（moonshine）：私釀多在夜裡趁月色低調進行，私酒販子理所當然就叫「月光人」（moonshiner）。他們分裝私酒入小瓶藏進靴筒，叫它「靴子腿」（bootleg），多年後衍生為樂迷圈子裡「未經授權地下流出錄音」的代稱。

酒鬼生不逢時，喝不上私釀貨，偏又酒癮鑽心怎麼辦？一九二八年，酒鬼歌手 Tommy Johnson 唱的〈火罐藍調〉（Canned Heat Blues）提供幾種答案：

我哭啊，火罐，阿娘啊，
沒錯，老天爺，火罐正殺掉我……
要拿消毒酒精（alcorub），解決這火罐哀歌……

「傑克酒」毀了我，絞碎我靈魂
都是那棕膚娘們，她不跟我親熱
今天早上爬起來，我哭啊，床上床下滿滿的火罐……

所謂「火罐」（Canned Heat）就是裝粉紅色酒精膏的小燃料罐，我們偶爾還能在火鍋店看到。酒精膏含甲醇劇毒，下肚輕則瞎眼，重則送命。但是一窮二白的酒鬼管不了那麼多，他們開發出獨門喝法：從「火罐」挖出酒精膏，塞進襪子擠出液態酒精，加水稀釋了喝，喝死拉倒。

另一種替代物是皮膚外用的消毒酒精（俗稱 alcorub，主成分是異丙醇），用喝的很容易中毒，通常是用嗅的：倒在布團上，鼻子湊上去使勁吸，薰個半昏，亦足以忘憂。

至於所謂「傑克酒」（Jake alcohol）並不是酒，而是酒精濃度九五％「牙買加薑精」（Jamaica Ginger）的諢號，原是外用藥，禁酒時期被有心人大量進口做私酒。它含有引起神經中毒的化合物TOCP，短短幾年造成三到五萬人終身瘸腿甚至四肢癱瘓，受害的幾乎都是底層窮人。「傑克酒」中毒一跛一跛，就叫「傑克腿」（Jake leg）或「傑克步」（Jake walk）。有十幾首藍調、鄉村歌曲用這悲慘的「傑克腿」故事作題目，一九二九年 Tommy Johnson 就唱過一首〈酒與傑克藍調〉（Alcohol and Jake Blues）：

「傑克酒」喝太多，害我腿軟腳麻
再不戒掉它，每天早上喝不停，遲早害死我自己

〈火罐藍調〉一口氣列出三種史上最慘烈的酒癮替代物。當你淪落到脫襪子擠酒精膏喝，靠消毒酒精和外用藥解癮，連妓女都不想跟你做，人生恐怕真是山窮水盡了。

將近三十年後，幾個白人小伙子組了個藍調搖滾樂團，經常援引戰前

老藍調作品入歌，團名「火罐」（Canned Heat），就是向沒酒喝的老前輩Tommy Johnson致意。他們的名曲〈Going Up the Country〉主張上路逍遙，回歸鄉野，甩掉烏煙瘴氣的城市文明，完全投合嬉皮世代的口味，後來變成五十萬嬉皮青年集體狂歡的烏士托（Woodstock）音樂節主題曲。歌云：

我要去那好地方，水像美酒一樣甜
我們一齊跳下水，從早到晚醉到翻……

唉，這近乎無賴的憨態可掬的夢想啊。想想若這就是終極的嬉皮天堂，我大概也待不久的。

台灣人每年喝掉七億公升的酒，成年人平均一年喝六十幾罐啤酒、兩三瓶烈酒、一兩瓶葡萄酒。嚴格說來，還不算善飲之國——日本人平均每人喝掉的酒，是台灣人兩倍多。東京晚班電車總有滿臉通紅仰翻在座位的上班族，西裝大叔醉臥車站樓梯擋住通道，大家默默抬腳跨過，沒人回頭多看一眼。韓國人更猛，每人每年喝掉一百五十瓶啤酒加六十三瓶燒酒。

相較之下，台灣人酒性還算溫良。

我應該算是可以喝一點的，只是不特別愛喝。據我觀察，所謂嗜酒，大概有生理性和社交性的差別。除卻大腦對酒精的依賴，擁有一起痛醉的酒友，也是很重要的。生理和社交的需要我都沒有，於是和酒也始終保持一種君子之交的關係。

我和酒感情最好的時候，都是伴著好飯好菜。在家做了菜，一面喝點葡萄酒，兩人吃三頓飯才解決一瓶。日本買回來的名門清酒常放在櫥櫃深處忘記喝，酒液都變成了琥珀顏色，味道倒還是不錯的。超市看到季節限量進口啤酒，好奇買一手回家，往往都換季了還沒喝完。

總之，無可無不可地喝了許多年的啤酒，又懵懵懂懂喝了幾年葡萄酒，人到中年，才會喝一點烈酒——高粱，威士忌，白蘭地，小嘬一口暫不落喉，舌面鋪開酒液，輕咂兩下，讓香氣隨酒精蒸散，溢入鼻腔。斟一小杯慢慢喝，往往一頓飯吃完，酒還剩半杯。這種喝法，一瓶酒可以喝好幾年，在行家眼裡是很沒有出息的。

這輩子喝暈了幾次是有的，卻從未喝到抱著馬桶吐、眼前一黑不省人事。每看戲裡演誰大醉醒來記不得自己的胡鬧，總懷疑真實世界哪有這種事，無非藉故裝傻。也是運氣好，我連當兵都沒被灌過酒，結婚宴客鬧洞房，竟也逃過酒劫——說這個倒不是得意，而是彷彿不知不覺錯過了什麼生而為人總該經歷一下的事情。

台灣獨立音樂圈善飲之人多矣。酒品差發酒瘋罵人打架的，酒後和不該上床的人上了床的，把自己的工作和人生都喝到報銷的，類此故事聽得多了，也就見怪不怪。到底是先變成酒鬼才搞砸人生，還是先搞砸人生才變成酒鬼，往往也難以考察了。

藝術家以身涉險，以命換歌，讓我等凡庸之人也能目睹另一端的風景。那樣的人生我不曾經歷，老實說，也不想經歷。哪怕只是稍稍近於〈火罐藍調〉那樣慘烈的喝法，或是 Jim Morrison 喝啤酒當早餐的人生，我都注定無緣了。偶爾大醉一場，似乎不難，我非自律嚴謹之人，卻一次次悄悄繞過去。大抵有人喝酒但求一醉，而我對於醉酒，從來都沒有期待或依賴——人各有釋放人生淤積物的通道，我的通道，從來都不是酒。

吃火鍋

記憶中第一次吃火鍋，是跟著大人去朋友家，我才六七歲吧。大家圍著一口鍋子，一人夾一片肉放進咕嘟咕嘟的湯裡。我以為所謂火鍋就是大家一齊煮湯，於是有樣學樣，把肉片放進湯裡，就跑到旁邊去玩了。過了好一會兒，我的肉總該煮熟了吧？大人一陣譁笑，我才知道肉片在湯裡涮一下，變顏色就可以撈起來了。

火鍋吃到最後，總要喝點兒湯。小時候，我和弟弟都覺得那碗綜合了所有火鍋料味道，漂著涮肉油花，熱騰騰灰濁濁的湯，就是天下至味了。有長輩罹痛風，此湯不能沾口，我總為他們感到遺憾。

有些講究的火鍋店知道大家捨不得那鍋湯，收尾會模仿日本人弄個「雜炊」：先把涮過百物精華的湯底剩料菜渣撈淨，下一碗飯，小火慢燉，邊煮邊攪，最後打顆蛋，撒上蔥花，作為火鍋的句點。這碗雜炊實在不能不吃，每次吃了又都實在覺得太撐，人生總有兩難。

人人家裡都有不同的火鍋準則。且不說芋頭放不放這種可以引發內戰的題目，光是肉類海鮮何時放、怎麼放，已經吵不完。比方蛤仔，有人堅持用撈杓現燙，也有人主張一古腦扔進鍋裡煮到開殼，說這樣湯才會鮮。有人吃鍋一定先涮肉，也是同樣道理。但也有人認為涮過肉的湯就濁了，應當先吃丸餃蔬菜，喝了湯，再以海鮮和肉片作結。

我是都可以，好吃就好。但高中時候一群男生吃鍋，就真的毫無品格可言了。整盒肉片還凍著就一大塊呼嚕下了鍋，等不及湯滾就紛紛伸筷子揭來吃，生的熟的亂七八糟下肚，居然沒有腸胃炎，青春的胃還是很強健的。

其實我吃火鍋最期待的，除了肉片，就是魚餃。到處買得到的桂冠牌已經很好，一盒魚餃十粒，全家分吃，一人兩三粒，必須非常珍惜。後來去香港，媽媽說他們「魚皮餃」好吃，我在「文輝墨魚丸大王」見識了：

同樣是魚肉擀成餃皮包豬肉餡兒，個頭比我們的火鍋魚餃大得多，拖著寬寬的裙邊，皮滑肉厚，好吃極了，原來是潮州人的做法。過幾年發現基隆「三記」手工魚餃有那麼幾分潮州魚皮餃的意思，只是個頭沒那麼大，超市、量販店很容易找到，從此成為冰箱常備食材。不只火鍋，煮麵煮湯也常順手下幾粒，多少稍慰「思港之苦」。

聽到的真實故事：請美國人去火鍋店，他們上了桌，一臉疑惑問道：我付錢，還得自己煮？想一想，火鍋的確幾乎沒有廚藝可言，只要湯底和材料稍稍講究，便可以像模像樣。弄個平常少見的香菜皮蛋鍋、豆乳鍋、蘿蔔泥牡蠣鍋什麼的，再請這個朋友帶瓶酒，那個朋友拎盒甜點，就是窩心又體面的一頓「家宴」了。

說起來，火鍋在家自己煮，最是愜意順心。外面菜盤那顆高麗菜也不知有沒有洗，魚漿製品往往來路可疑，花裡胡哨的湯底拿什麼粉調的更是搞不清楚。不過當然，像台南「阿裕牛肉鍋」那樣現切溫體牛肉的好店，我還是願意排隊去吃的。

大疫年的大蒜及其他

因為瘟疫，妻和我雙雙在家work from home。她跟全世界同事遠距開會，我也暫時不去電台，改在家裡錄了兩個月的節目，學校的課都改成遠距教學（我還為此買了自拍手機架和「網美燈」）。情勢嚴峻的日子，除了買菜幾乎不出門。後來狀況和緩一些，才終於敢去吃館子。

近乎自主隔離那段時間，每天在家做三頓飯，白米、青菜消耗極快（還有酒——我們喝掉了十幾瓶葡萄酒）。菜色變來變去，都不能沒有大蒜。之前一包蒜放著慢慢用，往往剩下一半不是發芽就是爛掉。然而閉門不出沒多久，剛買的那包蒜已經快用完了。

正好雲林鮮蒜上市。都說吃蒜有助抗疫，儘管蒜價攀升，仍然大受歡迎。本地蒜還沒上市的時候，我圖方便買大賣場的阿根廷蒜，吃起來也沒什麼不好，只是覺得連個大蒜都要千山萬水才能進我的鍋，碳足跡想必嚇人。雲林蒜名聞遐邇，就不必捨近求遠了。

上網一查不得了，好像全台灣蒜農都架了網購專頁，爭奇鬥豔眼花撩亂。稍微研究了，乃明白大蒜之道深矣。從前只知道有的蒜皮脆脆地一剝就下，有的黏黏地摳老半天都剝不乾淨，原來蒜也分乾溼：晾乾的蒜好剝，可以放很久。溼蒜難剝，容易發霉，得用網袋吊起來通風，慢慢也就變成乾蒜了。

我先找了網友推薦的雲林蒜農，他們標榜先晾乾再出貨，那好，先預購兩斤蒜米（整顆蒜分剝成一瓣瓣）。貨還沒到，擅廚的朋友說她家那邊薑蒜店新到雲林土庫蒜，分了一些給我應急。「角頭音樂」老闆張四十三是雲林人，直接從老家寄了一箱他哥哥種的鮮蒜，還帶著泥呢。人面很廣的記者朋友說莿桐農會的蒜最好，價錢貴一些，但漂亮得不得了，簡直蒜界林志玲。這還能不買嗎？於是又訂了兩箱。

結果我們家蒜滿為患，堆了十幾斤。分了一半給長輩和朋友，剩下的照指示裝網袋吊在通風處，輪流挑著用：自己訂的那批蒜米，顆粒不大，老老實實，物有所值。土庫蒜秀氣漂亮，味道濃郁。張四十三的蒜有大有小有肥有瘦，然而極是勁辣，果然很有「角頭」氣魄。至於「蒜界林志玲」的蒳桐蒜，顆顆潔白圓滾碩大，每一顆都可以直接放在百科全書「大蒜」條目擔任模特兒，底氣十足，後勁綿長。

為了這麼美的蒜，專程煎了牛排。整顆蒜頭橫剖一刀，淋上橄欖油，包鋁箔進烤箱二十分鐘，滿室生香。我和妻嚼著又綿又甜的蒜仁配牛排，一面喝便宜紅酒，一面感慨：還好這陣子在家上班，不然明天同事就得被蒜氣攻擊了。

若是一口氣要用很多蒜，剝蒜皮就成了苦差事。從前試做蒜頭雞，一鍋得用半斤蒜，光剝蒜就剝了快一個鐘頭——我家原本有一個剝蒜專用的矽膠滾筒，據說蒜粒放進去一壓一滾，皮就脫下來了，但那是理想狀況，我怎麼用都不靈光，還不如老老實實刀背壓一壓再剝皮。

後來明白為什麼這個剝蒜滾筒效率不彰：那個東西對付溼蒜是不濟事

的。若是乾蒜，網上有人示範放玻璃盒或有蓋的鍋裡使勁搖一搖，也能去皮。無論如何，現在剝半斤蒜已經不至於花掉一個鐘頭了。

下廚是這樣：有的事情自己怎麼想都想不到，偶然看到人家示範，豁然開朗。比方剝蒜，食譜不是都寫「拍碎」嗎？於是都用刀背猛拍，砧板砰砰響，蒜塊到處飛。後來看電視大廚用刀背一壓就成，對嘛！拍什麼拍！

又比方炒青菜放的蒜片——這得先說說我的鍋。

大疫期間，我網購了一只直徑三十三公分的「山田工業所」鍛打中華炒鍋和一支不鏽鋼炒鏟，炒起菜來鏗鏗然有兵戟聲，煞是熱鬧。中華鐵鍋傳熱極快，炒青菜先下蒜片，轉瞬即焦。後來看網上行家示範：蒜片冷油入冷鍋再開火，一碟菜從此炒得從從容容漂漂亮亮，怎麼自己都沒想到呢。

偶爾炒青菜不放蒜，改放薑片，也很美——嫩薑易爛，老薑會發芽，我先洗切放凍庫。若是黏在一起，沖一下水就很容易分開了。

順帶一提，我們炒青菜常不放鹽，而是滴幾滴魚露。擅廚的朋友送我們一瓶三重「民星食品廠」頂級魚露，溫潤細膩，不腥不嗆，極有韻致，和慣常的進口魚露相去不可以道里計。此物中菜西菜煎煮炒滷皆宜，不過大半瓶都被我拿來炒了青菜。

台灣有很多這樣的「社區型」食料品牌，製作極是用心，便宜得不像樣，產量很少，從來不做廣告。這些年，高檔百貨和文創選物店紛紛找這些地方品牌進貨，才讓這些彷彿停留在阿公阿嬤時代的老字號一下子「潮」起來。不過「民星」不放防腐劑的頂級魚露，似乎還是得去工廠買，或是上網填單直購，外面沒有見到過。

以前住民生社區，買菜都去新東街草埔市場，價廉物美，尤其新鮮蔬果普遍比超市便宜。不過那一帶好吃的小館子非常多，買菜是偶一為之的消遣。後來搬到台北市一橋之隔的重劃區，步行範圍並沒有像樣的小食店。大賣場連鎖餐店衛生大抵合格，然而食之無味，聊以充飢，不能常吃。

不過，出門右轉三十秒就是家樂福，左轉三分鐘又有「主婦聯盟」合作社，再多走五分鐘，就是巨大的「水流公」傳統市場，買菜極是方便，在家下廚的機會就愈來愈多了。

偶爾懶得做菜又沒空出門覓食，也是滑過APP叫過外送的。但更常發生的情形是：手機滑了半天，左看右看，還是只能歎一口氣，起身燒水煮麵。

啊是的，回想起來，最初並沒有勤做菜的打算，一切都是從煮麵開始。麵，主要是五木細關東麵，後來常備的是關廟麵，一次買一大包慢慢用。工作到一個段落發現餓的時候，往往已經沒工夫搞湯麵煨麵，最常做乾拌。佐料不外乎蔥花、蒜末、豬油、烏醋、白曝醬油、白胡椒。這個乾麵的原型，來自建中旁邊老鋪「林家乾麵」：統攝這碗麵的核心是豬油，只要用對了，就能拌出一碗形神俱備的好麵。我家冰箱常備義美的罐裝豬油，其實不一定豬油，任何動物油也都可以：撕下來的雞皮、牛排的邊角肥脂，切碎小火煎一煎，都是上好的油。煎鴨胸的油也可以留起來，拌麵、炒菜、調醬都很美。

煮麵同鍋順便打顆窩蛋，燙一把青菜，再下幾粒丸餃，便十分豐盛了。於是冷凍庫總要常備「基隆三記」的手工魚餃、「永豐餘生技」或「上引水產」的花枝丸。若是正好路過東門市場，我會去臨沂街「雅方福州魚丸店」外帶一斤包餡魚丸和一斤燕丸回家。冷凍庫有這兩大包，就是富足無慮的好日子了。

當然，錦上添花也是很歡迎的：朋友提供鹿港「鮮豐館」蝦丸，極是要得。歌手林生祥的母親（我們叫她「林董」）送我們一大罐親手做的油蔥，也是極好的恩物。客家油蔥一定是豬油炸紅蔥頭，別無他物。林董說：炸油蔥的祕訣是蔥多油少，「不然都變成在吃油，有什麼意思」，旨哉斯言。類此逸品可遇而不可求，必須珍惜著吃。

打開冰箱，閱兵一樣掃視一輪，面對瘟疫的底氣便也多了幾分。

大疫期間，我和妻曾嚴肅討論鎖國封城的對策，甚至戰爭的準備。我網購了太陽能兼手搖充電的防災收音機（以防封網斷電）和一部短波收音機（順便研究了亞洲各家短波電台的播送頻道和時段），又去好市多搬了一只「基礎防災儲備箱」（裡面有摺疊水桶、禦寒帆布、鋁箔保溫毯、便攜式廁所），還買了一大包防滑棉紗手套。其實在地震颱風不斷的台灣，這些東西早該準備的，Better late than never。

我們草擬「非常時期儲備清單」，上網查了，才知道多年來一直有人在做「末日儲備」，並且分享了實用的物資列表。研究了一下，我們大概不至於要挖個足以熬過核戰冬天的地洞，而是準備足不出戶也能過上一個月的物資。

於是等到深夜，人潮散去，我們才戴上口罩，到家樂福展開採買——這是住隔壁的好處。所謂防災存糧，不外乎奶粉、餅乾、巧克力、肉鬆、麥片之類毋須明火也能充飢的東西，以及麵條、罐頭、咖哩塊之類耐放又容易料理的食材。我們拿著小抄，購物車愈堆愈滿，油然生起幾絲茫然，幾絲悲壯。想了想，又順便挑了六瓶葡萄酒——若真的一整個月閉門不出，這也是必須的吧。若非家裡原本就存著十來瓶，我還會搬更多的。

後來，防災的餅乾首先被我嘴饞吃掉了，巧克力也被妻吃掉了。那六瓶酒撐不到半個月，就通通喝光了——這很不好。戰備糧事關重大，我要記得時時補貨才是。

獨居者的廚房

下廚，可以是奢侈的事。不是說多麼講究的廚具、多麼昂貴的食材，我的意思是下廚得有餘裕——時間的餘裕，空間的餘裕，心情的餘裕。畢竟在台灣，尤其大城市，外食外送都太方便，還有滿街便利商店。假如你需要的只是生存所需的熱量，或者偶爾犒賞自己對脂肪和糖分的渴望，那還真未必非下廚不可。

不過，人人都有對「家常菜」的想念吧。一鍋煮得剛好的米飯，一碗老老實實的麵，一塊煎的煮的烤的肉或者魚，一些炒的燙的蔬菜，一口一口吞下肚，額頭微微出汗，輕歎一聲，覺得這才是在過日子啊。

是啊。有時候，這樣一頓飯，還真只有在家才煮得出。

假如你不怎麼下廚，或者居家空間侷促，或者人口簡單，都不要緊，總會有適合你的下廚方式。

首先，要有一只電鍋，必須是號稱「人類最強炊具」的傳統電鍋。有了它，不只煮飯，還能熬粥、燉湯、蒸蛋、滷肉、熱隔夜菜，至少解決一半問題。有了電鍋，就不一定需要微波爐了。

萬一沒有瓦斯爐，若要炒菜，你需要一個電磁爐、黑晶爐或者卡式爐，還需要一只平底鍋。挑個鍋底深一點，有蓋子的。初下廚用不沾鍋最好，記得單手掂一掂，太重別買。以後有信心了，再買鐵鍋。對了，順便挑支木炒鏟。

你也需要一個湯鍋，至少要能一次煮兩把麵或者三十顆餃子，與人共食就足以支應了。盡量挑鍋底厚一些的，若是需要先炒再煮「一鍋到底」，比較不會焦鍋。

廚刀一把就夠，不必挑貴的，大賣場的就行。注意刀柄和刀身必須密合，才不會藏汙納垢。砧板先買薄片便宜的，切花了換一片就好。最好一次買兩片，生熟分開比較衛生。還得有一支削皮的刮刀，除了削水果，也能對付馬鈴薯、紅白蘿蔔、絲瓜等等等。

洗菜洗水果，最好有一個離心力甩水的大盆。此物妙用多矣，冷凍食材若需快速退冰，連袋泡到盆裡，片刻就能料理。燙過蒸過的肉或煮好的麵條需要過冰水，也可以用這個盆子裝冰塊。

能有一個三十公升烤箱最好（兩千塊左右就有），實在不行，烤魚烤麵包的小烤箱也湊合，買一個吧。

一個人吃飯，最常用的餐具是大海碗，記得挑碗底平闊的，既能吃飯吃麵又能盛菜裝湯。碗盤優先買大的，比小的好用，盛盤也比較漂亮。筷子我推薦很多小吃店用的玻璃纖維八角筷，不怕發霉，容易清洗，耐熱二二〇度，拿來拌炒也方便。

吃不完的飯菜，存在附蓋的密封玻璃盒最好。疊在冰箱裡一目瞭然，拿掉蓋子就能直接進蒸鍋或微波爐。

你愛吃什麼，我不知道。不過雞鴨魚肉青菜蘿蔔，總離不開油鹽醬料。衷心建議買好鹽、好糖、好油，不要將就。一罐鹽、一瓶油都可以用很久，花不了多少錢的。

橄欖油用途多端，記得買涼拌熱炒皆宜的（標籤通常會註明），必須常備。醬油記得買「純釀造」的，若喜歡台灣味，還可以備一瓶黑豆釀的白曝醬油，沾醬拌麵都很好用。若是不排斥豬油，超市可以買到現成包裝的，整罐放冰箱，需要的時候挖一匙，就能讓整道菜容光煥發。

我想，這樣你就差不多可以準備過日子了。今天想吃什麼？

上次吃泡麵是什麼時候？

如今泡麵實在很難激起食慾了，以前倒不是這樣。慣常熬夜的青春期，半夜要是沒有一碗噴著熱氣的泡麵，那該多寂寞。

幾代人童年都有這樣的畫面：下課時間捏碎一包王子麵，撒上調味粉搖勻，倒進嘴巴嘎滋嘎滋地嚼。我從來不愛這種吃法，太鹹。幾乎成為「國民記憶」的「統一蔥燒牛肉麵」、「維力炸醬麵」我也吃不消，太辣。小時候最記得的一碗泡麵，反倒是母親用小鍋煮的，加了青菜和雞蛋的「媽媽麵」，想是她實在沒空做飯的應急之作，我卻吃得很歡，並且從此知道速食麵只要用滾水煮，就會有正式吃一頓的氣場了。

說來有趣，無肉不歡的我，青春時代最愛卻是「隨緣素魷魚羹麵」。粉漿勾芡加上烏醋包的絕妙口感，別無分號。當兵時候迷上「味味A排骨雞麵」，下了哨用大鋼杯泡一包，很珍重地打撈那鼻屎大的所謂「排骨雞（？）」，和稀疏的泡開的高麗菜乾一齊細細咀嚼，呼嚕喝一口燙滾滾、油汪汪、鹹滋滋的湯，打個飽嗝再上床，就是很可以的犒賞了。

我也喜歡舶來泡麵，比方日清「合味道」杯麵，湯頭有個特別的濃鮮味。日本品牌的屋台炒麵（焼きそば），麵體和蔬菜乾一齊泡好，揭開碗蓋一角濾掉湯汁，淋醬包、擠美乃滋、撒海苔粉一拌，哎呀太好吃了。到日本旅行，每次都會專程逛超市買各種珍奇泡麵，塞滿半個行李箱扛回台北，什麼厚片油豆腐烏龍麵、幽浮麵、各地拉麵名店監修，都要吃它一輪……。

那都是很久以前的事了。上次吃泡麵是什麼時候？努力想很久，大概是好幾年前泡了一包「日清元祖雞汁麵」，大家暱稱它「小雞麵」——麵體本身就有調味，沖熱水就行。日本人體貼，麵體做了個凹槽，剛好臥一顆蛋。我那碗小雞麵，除了一顆蛋，還順便丟了兩片凍庫裡的薄切牛舌，又加了一把蔥花。泡得不算成功，蛋和牛舌都半生不熟，也懶得再拿去微波，攪一攪唏哩呼嚕吞下肚，倒也沒有鬧肚子。

家裡櫥櫃還有幾種「快煮麵」：日本「拉王」麵體特別有嚼勁，湯頭也有日本拉麵高湯的韻味。馳名全球的印尼「營多麵」是乾拌麵經典，也是我們的常備存糧。買過別牌的東南亞乾麵，都不如營多麵好吃。還有重口味的韓國「辛拉麵」，那是妻的療癒食物，專留給她一人在家懶得做飯的時候應急，我是吃不消的。「曾拌麵」口味也重，寬麵Q彈耐嚼。我們總是煮兩包麵拌一份醬，這樣剛剛好。

老實說，快煮麵也好，附醬包的乾拌麵也好，從櫥櫃深處掏出來的時候，都不免有幾分落魄感。其實，燒水煮一把麵，打顆窩蛋，人人都做得來。只要有醬油（白曝更佳）、烏醋、白胡椒粉，拌一點豬油、雞油、牛油或橄欖油，撒把蔥花，工序極簡單，十分鐘內開吃，保證比什麼市售醬包都美味。

感謝泡麵曾經的安慰，然而打開心中那份「食物親疏表」，它只會放在邊陲地帶了。偶一相見勉強可以，深交就還是免了吧。

從皮蛋說起

皮蛋，洋人叫它「千年蛋」或「世紀蛋」，總之就是「不可思議的陳年老蛋」，帶著一種對亞洲神祕古文明的窺奇趣味。不只這樣，驚駭不已的洋人還替它取了「地獄蛋」和「惡魔卵」的諢號：相傳古人製皮蛋，得用稻草石灰混合馬尿裹住鴨蛋放幾個月，這配方驚悚程度不下臭豆腐的滷水，難怪CNN曾把皮蛋列為「世界噁心食物」第一名。

現在做皮蛋當然用不著馬尿了。幸虧我和大家一樣，從小愛吃皮蛋，洋人不敢吃也不必勉強，我們多吃點就是了。此物煎煮炒炸皆宜，無入而不自得，堪稱「百搭」食材，三杯皮蛋、金銀蛋莧菜、三色蛋、芫荽皮蛋火鍋……，遠不只拌豆腐、煮瘦肉粥。前陣子市面上出現「香菜皮蛋豬血糕披薩」和「皮蛋葡式蛋撻」，頗有人以「試膽」心情點來吃，味道竟然相當不錯。

「主婦聯盟」的皮蛋，剝開有美麗如雕的「松花」，是我家常備良品。皮蛋入菜，先連殼煮一下或放電鍋蒸一下，蛋黃凝結了就很好切，不會黏得到處都是。若是熱炒，皮蛋和大蒜是好朋友。糯米椒切斜片（或是青椒切一口大小），中火熱油先炒皮蛋丁，再下蒜碎，糯米椒（或青椒）入鍋大火加鹽炒熟，起鍋前下點白胡椒，很下飯。

皮蛋和糯米椒（或青椒）的組合，稍事發展，便是川菜名品「燒椒皮蛋」，涼吃，在家請客做過兩回，很美。

先做燒椒。糯米椒洗淨摘掉蒂頭，長籤串起，瓦斯爐開大火，直火燒出「虎皮」焦斑。或者更簡單些，炒鍋開大火，不下油乾炕，一樣會有「虎皮」（嗜辣可順便燒一條辣椒）。我是用瓦斯罐噴槍，更有效率（常下廚的人，家家都該有個噴槍）。燒好放砧板，取刀刮掉焦皮。

若改用青椒，整顆免切，直火烤到外皮全焦，去皮去籽，椒肉撕成條狀，一樣入菜。

接著調醬，不外乎麻油、醬油、糖、醋、辣油、花椒油、蒜碎，邊調邊嚐，正宗川味最好下四川菜籽油。若有泰越料理常用的臼杵最好，燒椒放進去淋上調醬搗爛，最入味。沒有也不打緊，燒椒細切，調醬拌一拌，一樣吃。

最後，取皮蛋兩顆，一顆切成八片，擺盤排一圈，中間堆上燒椒醬，漂漂亮亮上桌。剩下的燒椒醬裝罐冰起來，便是萬能料理淋醬，也能拌麵配飯夾饅頭，極是好用。

其實，光一個皮蛋豆腐，就有無窮變化：放柴魚蔥花還是肉鬆？要不要辣油芫荽蒜末花生米？淋醬油還是醬油膏？要不要醋？嫩豆腐或板豆腐？是通通攪碎拿湯匙挖著吃，還是「黑白分明」堅持到底？上海人把豆腐切成小塊，再擺上切丁的皮蛋，淋上澆頭，偏向「攪碎派」。我在嘉義一家涼麵攤子吃皮蛋豆腐（他們唯一的小菜），整顆皮蛋配一塊菜市場板豆腐，淋蒜蓉醬油膏，沒有蔥花肉鬆柴魚妝點，極簡單卻極好吃，這就得「黑白分明」地吃才好。

有次在香港和一群朋友吃打邊爐，那是我第一次吃到地道的「芫荽皮蛋鍋」，一盤盤食材（許多叫不出名字）擺滿一桌，最大的那一盤是許多隻魚頭，朝天瞪著亮晶晶的眼睛。那鍋湯，真鮮死人。後來在家試做香菜皮蛋湯底，非常簡單：高湯煮開下切瓣皮蛋一兩顆，大把香菜，適量白胡椒，煮開就是。湯濃噴香，煮魚涮肉皆美。

皮蛋切半配上漬薑片，就是香港「鏞記」馳名小菜「酸薑皮蛋」了。他們的皮蛋號稱有四層溏心，半顆就要十來塊港幣。多年前吃過，入口不得不服氣。如今香港去不得矣，不知那傳奇的皮蛋，是否仍是舊時滋味？

臭豆腐，愈臭愈香

臭豆腐，路邊攤多是大油鍋炸吃。豆腐預炸好，客人點了再下鍋回炸，起鍋剪大塊盛盤，擱一撮甜滋滋的台式泡菜，淋上醬油，啪嗒下一匙蒜末，辣椒醬自取。後來流行整塊豆腐不剪，中間挖個洞，塞進切細的泡菜再淋醬。從前台北公館有家炸臭豆腐，整塊豆腐挖洞填的是醃過細切的小黃瓜絲，格外清新。前陣子在瑞芳吃到一家臭豆腐，泡菜照例擱旁邊，臭豆腐卻挖了洞，淋的竟是麻醬，別出心裁，好吃。

小時候，臭豆腐幾乎都是炸的。後來愈來愈多店家賣起了麻辣臭豆腐，發展出連鎖專賣店。不鏽鋼淺鍋架個小火爐，湯多重油，愈煮愈臭。老實說，這種的我比較沒辦法。

從前醃臭豆腐，得把豆腐放在爛菜梗子和臭魚臭蝦浸製的臭滷水，泡上幾天幾夜。後來發展出分離菌種培養滷水的科技，不知道臭豆腐攤子是不是都改用新法了？

都說臭豆腐聞著愈臭，入口愈香。從小和大人去江浙館子，店家多半會上一盤清蒸臭豆腐當「敬菜」，不收錢。清蒸臭豆腐的氣味比油炸的厲害，拿大湯匙每塊切四份，連著幾粒毛豆和帶點辣的湯汁盛到碗裡，熱呼呼入口，非常開胃。此物只在餐館吃得到，街邊小攤是不會賣的。

我有許多嗜吃油炸臭豆腐的朋友受不了這道菜。類似的情形還有酒釀和鹹豆漿，若是小時候沒吃過，遇到這種超出口感和味覺預期範圍的食物，大腦就當機了。

聽說最正的臭豆腐得是黑色——那是用最濃的滷水浸到最入味的狀態，堪稱絕品。我還真的吃過，在花蓮一個不起眼的路邊攤，一位不起眼的阿伯炸的。豆腐炸好剪開，色澤深灰近乎墨黑，那是我此生吃過最臭的一碟臭豆腐。吃完好幾個鐘頭，肥皂反覆洗過手，指尖都還聞得到。你問我好吃嗎？「愈臭愈好吃」還真有道理。只是下次若又遇到那黑色臭豆腐，我是絕對、絕對不會外帶了。

我會為了這家館子，特意經過那座城

這幾年，只要想到台中，就想到「魚麗」。每次出遠門，只要路線和時間允許，總要千方百計繞過去，吃一頓飽飯。

「魚麗」全名是「魚麗人文主題書店／魚麗共同廚房」。書店生意實在照顧不過來，只好暫停進書，但店裡仍有滿牆的書任你取閱。「共同廚房」則是一個很有「公社感」的名字，反映店主的理想：提供溫馨慷慨的空間，讓脆弱的身心得以休養、互助、修補——魚麗長期提供類似「中途之家」的互助團體，讓遭受家暴或未婚懷孕的女子獲得安置和諮商。

魚麗空間不似普通餐廳，特意挑比較矮的桌椅，以小學生的身量為準。孩子入座舒服自在，大人坐起來卻也不感侷促。書架有許多繪本，常看到一家大小來點了餐，這邊等菜上桌，那邊孩子們已經熟門熟路去找了書來看。回想起來，我在魚麗還真不曾見過孩子滑平板玩手遊。洗手間女廁設在靠外方便進出的位置，各種備品自不待言，牆上貼了懷孕生育相關的象形文字解說，提醒我們女性在人類歷史承擔的辛苦和風險。每次去裡面的男廁，必先看到這些招貼，於是上著洗手間，總覺得心中有愧。

店主蘇紋雯一身俠女氣，不只「中途之家」，她也一天到晚為各種議題奔走，最著名的事蹟是長期關注死囚鄭性澤，持續赴監獄為他送餐，呼籲重審，終於促成阿澤無罪釋放。阿澤吃素，魚麗的探監便當遂在那些年累積了兩百多道素菜。阿澤剛出來那陣子在魚麗打工，儼然當店「吉祥物」，忙進忙出，不忘和來客打招呼。後來你仍可以在店裡買到他種的「進澤米」和季節限定的綠竹脆筍。

因為阿澤，魚麗很以自家的素席為傲。提早三天預訂，必有驚喜。我沒吃過，實在是平常的葷菜已經恨不能吃遍了——紋雯的俠女志業、彷彿無窮無盡的勇氣和毅力、還有她和可愛可敬的同事們的進步理念，當然令人讚歎。但我去魚麗，老實說純粹就是饞。她們的菜，唉，實在太好吃。

魚麗是「無菜單料理」，這些年陸續推出過七百多道菜。一天吃一種，可以整整兩年不重樣。算算我應該吃過四五十道，沒有一道不好吃，沒有一盤是「不過不失」、「理所當然」的味道。套餐四菜一湯，每天更換菜色，還可加點一兩樣常駐招牌菜和自製甜點。一道道吃下來，起承轉合，水到渠成。待站起身來結帳，才發現哇靠好撐啊。

魚麗掌杓大廚是陶桂槐，隱身廚房切切炒炒，你只能從送餐窗口依稀看到她的身影。紋雯和桂槐一主外、一主內。紋雯多年淬鍊出走江湖的本領，善論述作文，負責和世界溝通，順便擋掉不必要的雜訊干擾。寡言低調的桂槐安心在廚房展身手，不大和外人打照面。但你若和她混得熟一點，便會發現她極有見識，只是不習慣說太多話——能把菜做得如此熨貼如此秀美，非極有見識不能致此。

桂槐是紋雯多年老友。魚麗的菜式，多半是她和紋雯母親學的，以台菜為底，兼取眷村菜風韻，手法益發細膩，調味搭配常有驚喜。我吃過的紅糟蝦仁炒蛋、燒豆腐、鹹水鴨、燙小管、鹽水豬舌、糟炒雞絲、油封鴨胗、荷葉粉蒸肉，都是極品。雞肉飯更不愧傳奇，腴潤噴香，回味無窮。要我說，衝著那一碗，也值得買張高鐵票。

但你若問桂槐祕方，她常會露出有點苦惱的表情說：也沒什麼，其實都很簡單，然後毫不藏私傾囊相授。你一聽就知道，所謂的簡單一點都不簡單：材料、工序、火候、比例、刀工、手工，牽一髮動全身，那是「家常菜」的最高境界。

魚麗網站上，紋雯寫了將近兩百道菜譜，就和楊牧為「洪範書店」作者寫新書摺口簡介一樣講究，很可以直接結集出書。紋雯曾對我說：她寫了那麼多菜譜，就是希望魚麗的每道菜，任何人任何家庭都可以做得出來。看她瞪大眼睛認認真真說出這句荒唐的話，我不禁失笑。

是，魚麗的菜，沒有什麼珍貴希罕的材料，不需要奇怪複雜的廚房器具，說穿了都是「家常菜」，但這絕不表示「隨便誰都可以做得出來」——食材和調料的來歷、份量比例的拿捏、火候刀工的訣竅，這些姑且不提。最大的問題是：我們絕大多數人不知道什麼是「正確的味道」，直到吃過了魚麗。比方說我偶爾在攤子上吃黑白切也會點豬舌，切薄片燙過蘸大蒜醬油膏配薑絲吃，也好吃，但那和魚麗的鹽水豬舌完全是兩回事（我在魚麗嚐了第一片鹽水豬舌，便幸福又失態地呼喊出聲）。

是的，魚麗出的都是「家常菜」，沒有所謂 fine dining 那種客人有義務表現投入的緊張感。然而家常菜講究起來，往往比 fine dining 還麻煩，那是廚人「不張揚的講究」。魚麗做的，就是最好的家常菜，雅致清雋，很可以天天吃。試想哪家 fine dining 禁得起天天吃？

若全台灣只能選一家「最希望永續存在的餐館」，我的一票毫無懸念投給魚麗。然而經營者的苦，我們這些張嘴就吃的食客豈能體會？一場疫情掃倒不知多少餐館，魚麗轉進宅配生意，咬牙苦撐，竟也經營出一番場面。二〇二一年，魚麗獲「世界五十最佳餐廳」選為「亞洲之粹」（Essence of Asia），哎，算他們識貨。

二〇二二舊址租約到期，魚麗覓得新址，慢工細活重建裡外環境，暫時只做宅配外賣，餐廳尚不知何時重新開張。在此同時，魚麗網站常駐宅配菜色竟已有兩百來款。我問紋雯：何不減少品項，集中主打，整批出貨？她沒回答，卻不無得意地反問：「現在商品線很齊對嗎？」我想了想，魚麗大概是從不以麻煩為麻煩的，那始終都是內建的工序。

當然，若要完美體驗桂槐的手藝，你遲早要跑一趟台中的——不對，一趟不夠，因為每次都會吃到不一樣的菜。在那之前，魚麗宅配美食，亦足以讓你家冰箱豐美綽約，豔冠群芳。

愈寫愈餓，凍庫還有半塊魚麗臘肉，我要去炒蒜苗了。

注：二〇二四年四月，搬到台中市德化街四一七號的「魚麗二．〇」終於正式開張營業，找個時間去好好吃一頓吧。

嘉義小吃記

那日近午抵達嘉義，朋友開車來載，先去了城隍廟，再逛旁邊東市場。東市場之深奧，隨便一攤都能上溯日治時代，都是幾代人沉下來的手藝。僅他們都用瓷碗而非美耐皿，便極得古意。

賣油湯的一本菜市傳統，清早開張，賣完歇業，通常不過午。我們先排最熱門的「王家祖傳本產牛雜湯」，兩位大姊專心顧大鍋子切肉盛湯，一位大姊戴耳麥接擴音器，一面料理食物一面分配座位點單，客人聽令入座，忙中有序。一大鍋牛雜咕嘟煮著，旁邊擺著一盆盆溫體牛肉和生燙內臟，光看就餓了。

我們點了牛雜湯、牛肉湯。牛雜半筋半肉的部位膠質極適口，軟嫩不塞牙縫。牛筋和內臟皆熟爛入味，不必蘸醬就好吃。湯頭清澈無藥材味，肥腴卻也帶著秀氣。現燙牛肉湯還附一塊牛筋，非但不輸台南牛肉湯名店，個人以為猶有過之。

一面等牛肉湯上桌，看到對面「蔡家本產羊肉」老鋪牆上菜單有一味「羊頭湯」，便好奇點了一碗。這攤菜單有羊頭肉、羊骨湯、羊肉、羊肝、羊肚、羊雜、當歸羊肉，還兼賣生羊肉，想來另有不在菜單的隱藏部位。客人點了才從櫥裡取肉，切適口大小，放碗裡沖熱湯。切肉不疾不徐，那節奏看著就舒服。原來「羊頭湯」是帶皮羊頭熟肉和羊耳附近部位切片，當歸麻油調味，能吃到膠質和軟骨，甘甜濃郁，非常好吃。

配牛羊肉湯的，是另一攤「東市意麵」端來的意麵。拌自製油蔥、豆芽，肉臊用的是瘦肉，不見豬皮碎丁。原來嘉義「意麵」不似台南加鴨蛋鹼水，用的是白麵。這碗麵層次分明，清雋可喜。他們攤上還有米苔目、油麵、米粉，可另加據說很棒的滷鴨蛋和魚丸，這次沒吃到。

然後轉戰甜品，吃「國棟剉冰」。這攤一九五六年創業，本是批發零售各種冰料，順便賣冰，有點兒樣品展示的意思。顧攤大姊總是和和氣氣，滿面笑容。「國棟」招牌是夏天的米苔目，冬天的甜米糕和圓仔湯。我們來晚了，米苔目賣光光，沒關係，點一碗仙草愛玉粉粿粉條冰，食材份量很多，和碎冰拌一拌，正好是適口溫度。糖水溫潤不膩，配料都是實實在在的原味。這攤也有「綜合冰」，自選七樣、店選八樣。

至此已非常飽，臨走看到原本大排長龍的「阿富網絲肉捲」竟然沒人排了，趕緊買了幾個帶走，留到晚上才打開，這包裹豬網膜油炸的肉捲，冷吃依舊外脆裡嫩，香氣撲鼻，甜鹹交織，並且份量十足。

朋友女兒嚷著要帶我們喝她最喜歡的古早味手工汽水，我們便去了向榮路「汽水伯」攤子。汽水伯逝世後兒子接手，兩代人賣了六十多年。攤子常備八九種口味，除了招牌的橘子、沙士、葡萄、蘋果、百香果，也有新口味比方檸檬，用硬紙板寫了掛旁邊。先在杯裡注入糖漿，再加碎冰和蘇打水攪一攪，一大杯可以喝很久。我們喝了橘子和沙士，瞬間回到小時候籤仔店（Kám-á-tiàm）的記憶。

嘉義盛產栗子，質量俱佳，夙有盛名。朋友推薦林森東路（後來搬到了博東路維新路口）大樹下掛著「好剝不黏皮」招牌的「天津糖炒栗子」攤車，一口氣買了三盒，當場在車上剝了起來，果真好剝不黏皮。我們以為吃不下了，沒想到一粒接一粒，一不小心幹掉大半盒。說真的，那大概是平生吃過最好的糖炒栗子了。

小女生熱愛甜點冰品，非要帶我們去公明路「養樂多冰沙」。這是養樂多代理商門市，商品花樣很多從沒見過。招牌產品是各種冰淇淋和特調冰沙，朋友推薦「招牌養樂多冰淇淋」，好的雖然已經很脹，還是來一個吧。檸檬養樂多冰沙果真迷人，嗜酸的妻一口一口停不下來。

我們沿環湖公路逛蘭潭，下起了雨，喝了一肚子冰水，竟覺得有點兒冷。朋友說：那就喝碗熱湯吧，在大雅路二段「郭家粿仔湯」門口停了車。「郭家」的火雞肉飯也算有名，但我們是衝著熱湯來的，點了「黑白湯」：粿仔，豬血，豬腸。另也有只加豬腸的「綜合粿仔湯」，和「綜合豬血湯」。調味不甚重，豬血入味，豬腸有嚼勁，粿仔嫩而不綿。菜牌光小菜就列了十七種，還不算季節性小菜，有幾道比方紹興醉雞、蒜味豬心、五味鴨掌，看著就很厲害，但實在吃不了了。

配涼筍、魚卵的美乃滋，嘉義人稱「白醋」，在地最有名的是「白雪牌」，菜館一大包一大包放在冰櫃上。「白雪牌」出了嘉義就不再自稱「白醋」，品牌改名「佳味珍」，包裝設計也改成城市清新風，名字雖然變成「沙拉醬」，味道還是很不錯的，台北的大賣場也都有。

說到白醋，《小日子》雜誌嘉義專號提到嘉義涼麵是加美乃滋的。於是我們賈其餘勇，來到信義路一家主打「四味果汁」的涼麵店。原來嘉義涼麵不但會加「白醋」，也都用寬扁白麵而非油麵。調醬以麻醬作底，拌一點蒜汁，加一點小黃瓜絲，再淋上稀釋過的美乃滋。

以前你若跟我描述這樣的配方，我大概會皺眉頭。但一入口，我和妻雙雙驚呼好吃。美乃滋和麻醬融成濃稠的沾料裹在麵上，酸甜鹹香，和寬麵極是適配。原本兩人打算分食一盤，立刻又追加一份，稀哩呼嚕扒光了。

據說嘉義涼麵的辣油也是考鑑店家功力的憑證，但我們只顧吃麵，根本忘了那罐辣油，慚愧。也是後來才知道，涼麵「白醋」怎麼加，也有不同流派。有人直接擠一大坨再澆上辣油，想來也很勁爽。嘉義涼麵攤似乎多有兼售皮蛋豆腐的，淋上蒜蓉醬油膏，簡單夠味。據說有的攤子連皮蛋豆腐也會淋「白醋」，應該意外地合得來吧。

嘉義美食很深奧。問我有何心得，只能說：「下次要再去。」回到台北，我很快跑去買了一管「佳味珍」沙拉醬，重訪之前，稍慰思念。

當我還是小朋友，這些東西最好吃

外公外婆是蘇州人，日子再苦，點心不能不吃。媽媽小時候，外公替人做保負了債。實在沒錢買點心，他會拿顆蛋打麵糊攤一張餅，撒上白糖切切，全家分著吃，也是有模有樣。

日子好的時候，點心常是一小碗餛飩。若是熱天，也吃冰鎮的綠豆稀飯（必定是甜吃）。還有一品別處沒見過的點心：綠豆燉爛，糯米飯放涼，另備一鍋薄荷水、一鍋糖水，自己取碗把綠豆和糯米拌在一起，淋上薄荷糖水吃。此物我沒吃過，光聽就覺得雋雅沁涼。

有了這樣的遺傳，我很小就知道世界上有很多好吃的東西。有些自己買得到，有些得靠大人買，還有一些得自己家裡做。

買得到的，是和平西路「國語日報」旁邊攤子的雞蛋糕，「國際學舍」

門前老兵推車賣的高粱餅，瑞安街腳踏車店對面公園攤子的炸臭豆腐，和平東路新生南路附近巷口的蘿蔔絲餅。但凡口袋有一點點錢，恰好經過其中任何一個鋪子，而又恰好不是吃得太飽，我一定買一份。

臭豆腐得坐在攤子上現炸現吃，雞蛋糕、蘿蔔絲餅也最好現吃，涼了就不是那個意思，只好邊走邊吃。雞蛋糕好辦，兩口吞掉一個，剛走過兩條街，牛皮紙袋已經空了。然而剛煎好的蘿蔔絲餅內餡極燙，不能心急。先咬一個洞，噘起嘴猛吹，逼出熱騰騰的蒸氣，再小口小口地吃。

高粱餅這個東西，多少年沒有看到了。除了國際學舍門口老兵的攤子，也沒有在其他地方看到過。它長得像山東大餅，用的是混了高粱的麵粉。大餅圓墩墩，二指厚，我們總是切半個回家分吃。入口甘甜，鬆軟耐嚼，吃起來隱約有一股薄荷樣的涼感。啊，那老兵若還活著，也快一百歲了吧。

再說自己買不了，得靠大人才吃得到的。

外公家常備一罐「萊陽桃酥」，外公總說吃多了「上火」，小朋友一次只能吃一片半片。我的童年夢想，就是一口氣吃掉那罐桃酥。外公過世多年之後，我去「萊陽桃酥」買了一整包，沏了一大杯茶準備開戰，結果才吃完一片，就覺得也很可以了。

小時候媽媽下班回家，常會拎一個「福利麵包」或「世運麵包」的提袋。她帶回來的麵包經常這裡缺一角，那裡少一塊，原來是半路嘴饞，不及到家就先撕著吃了。媽媽說：外婆以前下班回家，也總是樂孜孜提一袋麵包。她會一面吃一面歎息：怎麼會有這麼好的東西！還好來了台灣！

「牛力」，現在叫「台式馬卡龍」，我從小嗜此物，每家店配方不同，有脆有軟有大有小，「福利」的個頭最大，口感鬆軟，是「牛力」絕品。「世運」的「倫教糕」（我們都以訛傳訛叫它「倫敦糕」）是十分古風的糕點，半透明，彈牙帶微酸，一口咬下，斷面滿是發酵的孔洞。一定要趁還沒發餿馬上吃，放冰箱就硬掉了。我也喜歡他們的火腿三明治，只夾火腿和美乃滋，簡單卻無敵美味。「世運」切條裝一小盒的火腿起司三明治和豬排小黃瓜三明治，是我小時候校外教學「定番」野餐內容。等到中午抵達目的地，從書包拿出來，三明治永遠都是壓扁了的。無所謂，壓扁一樣好吃。

媽媽上菜場，偶爾會買一小包炸旗魚條給我們吃。酥酥的麵衣，甜甜的魚肉，世界上不可能有更好吃的東西了。然而那小小一撮，我和弟弟兩三下就吃光，總是意猶未盡，恨不能連吃三袋。媽媽卻從不多買，總是說馬上就要吃中飯，點心都吃飽了還吃什麼飯。長大之後買了油炸鍋，自己調麵糊，炸了一大盤旗魚條，配啤酒吃，妻大讚美味。我卻覺得，還是小時候安東市場賣的比較好吃。

秋天小芋頭（芋艿）上市，看到就會買。洗淨蒸熟，趁熱剝皮，蘸白糖吃。黏黏糯糯的芋頭裹上糖粒，好吃死了。小時候一碟糖全家輪流蘸，吃到最後糖總是不夠。吃不完的芋頭冰起來，蘸蜂蜜也很美。小芋頭可做各種料理：蜜芋頭、燉雞、蔥燒、紅燒小排、燉肉……，我卻始終覺得，清蒸蘸白糖最好吃。

我懷念小時候的點心。一個暖呼呼的牛皮紙袋，就是幸福的滋味。我也懷念那個還是小朋友的我，他的快樂，似乎總是觸手可及。

用一碗魚丸湯來換

逝者已矣，青春不可追。於是，重建記憶的味道，工筆細細記下，就成了招魂的儀式。

我想用一碗魚丸湯，來換洪愛珠的故事——其實那些故事豈能輕易換得？作個引子罷了。

當我還是小孩的時候，世界上最美味的食物，是牯嶺街一間小麵店的福州魚丸。

吃魚丸湯，從來都是舅舅帶我去。外公外婆生二女一男，長女是我娘，長子是舅舅。舅舅生活不算穩定，總教外公外婆發愁。每次他回外公家，二老總有苦口婆心一番訓勉。我猜，帶我出門晃晃，也是他暫時躲一躲喘口氣的藉口。

蘇州人度日豐儉不論，點心終歸要吃的。我亦極得長輩疼，舅舅要帶我出去吃點心，外公不會阻止。

外公家是一幢二十來坪的日式小屋。我坐在玄關的梯級，穿上小朋友的鞋，推開紗門，走出小小的院子。舅舅已經打開綠漆白條的木門，在外面等我了。其實去吃趟魚丸，來回腳程不過十來分鐘，對我來說，卻也有小旅行的心情。

我和舅舅從外公家出發，牯嶺街幾乎都還是平房，太陽曬在矮牆上，金燦一片。我瞇起眼睛，抬頭四顧，舅舅停下腳步，催我跟上。他是個口拙的人，每次講笑話逗我開心，我都不知道該不該笑。他總會在路上問我：「等一下要不要多吃一碗？」我其實很想說要，卻總是矜持搖頭。

啊，一口氣吃兩碗福州魚丸湯，是我始終沒有實現的，豪奢的童年夢想。

我們會先經過幾家舊書攤，廈門街到牯嶺街六十巷口，依著矮牆一整排鬱鬱蔥蔥的大榕樹，院落裡枝葉掩映的老宅曾經住過哲學家方東美，隔壁便是台大校長官舍。龐巨的樹蔭遮著那段紅磚路，終日陰涼，不見天日——多年後，那風景仍不時出現在我夢裡。

過福州街，再走幾步路，就是魚丸店。我總以為是他們發明的「福州魚丸」，誰叫它就在福州街口呢？

因為是點心而非正餐，我們從來不吃麵，不要小菜，只點兩碗魚丸湯。一勺冒氣的大骨湯，兩粒很大的魚丸，幾星芹菜末，浮在磕破了口子的淺淺瓷碗裡。舅舅會拿白胡椒來撒，我不要。平底鐵湯匙舀一粒魚丸，匙底帶點湯，吹一吹，咬一口，魚丸糯韌，肉餡湯汁在口中爆開。我很珍惜地吃，可畢竟只有兩粒，一下就吃光了。

這時候，才看到碗底畫著一尾蝦。蝦身飽滿，弓著朱紅的身子，兩條長鬚很瀟灑地撇出去再彎回來，隨著清湯的折射晃呀晃。湯很燙，慢慢喝。喝完再看，那隻蝦竟變小了。

後來我翻父親的水墨畫冊，也看到了很瀟灑的蝦。於是自作聰明，以為瓷碗底畫著一隻蝦的，都是齊白石。

望著空空的瓷碗，恨不能再續一碗。舅舅付了帳（兩碗十塊錢），我們慢慢踱回家，太陽比剛才又斜了一點，路上交錯的光影更深更濃了。

外公家客廳彩色電視機播著楊麗花歌仔戲，音量開得很大。阿利婆一面在廚房燒菜，一面聽戲，滿屋子飯菜香。情節到關鍵處，阿利婆會撇下做到一半的菜，到客廳站著看一下電視，再回廚房忙。

晚飯做好了。阿利婆高聲喊我的小名：「小球來，你上愛食的瓜仔肉！」我很高興剛才沒有多要一碗魚丸湯，等下可以多扒一碗飯。

牯嶺街七十八號的老屋，如今片瓦無存，只剩隔壁樓房牆面山形屋頂的遺痕。外公、外婆、阿利婆都做仙去了。舅舅移民加拿大多年，人生顛沛曲折，我們很多年沒有見面。

牯嶺街賣福州魚丸的麵店，至今仍在。是不是舅舅帶我去的同一家，已經無從考證。我家冷凍庫倒是常常備著一斤東門市場「義芳」的包餡福州魚丸，不過，一口氣吃四粒這樣的事情，至今不曾做過。

若非讀了洪愛珠從她自小浸潤的蘆洲、大稻埕出發，織出一部魂牽夢縈的思念之書，我大概也不會憶起那碗牯嶺街的魚丸湯——我很想說：那樣的魚丸湯再也沒有了，但那樣未免誇大不實。起碼「義芳」的福州魚丸，老實說，未必輸給記憶中那一碗。

然而畢竟幼時的我，瞇著眼睛看過七〇年代的太陽，端過那只磕破了口子，畫著一隻不是齊白石的蝦的瓷碗——而讓我們魂牽夢縈，後來再也沒有了的，永遠是一些其他的東西。

（序洪愛珠《老派少女購物路線》）

輯二：做菜

一碗麵

——炸醬麵、麻醬麵、蔥開煨麵、熗鍋麵、雪菜肉絲麵（附雪裡蕻醃法）、乾麵心法

我說過，這幾年愈來愈常下廚，都是從做一碗麵開始的。

朋友多有善飲善吃善廚者，我是歎為觀止，自己只會弄弄家常菜。不過話說回來，家常也有家常的講究，哪怕只是好好煮一碗麵給自己吃，日子也不至於過得太潦草。

炸醬麵

炸醬麵，家家食譜都不一樣，都覺得自家版本天下第一。我家的炸醬

麵有爸爸版和媽媽版，各有千秋。媽媽祖籍蘇州，外公家的炸醬麵，是江浙菜的細工秀氣，豆干筍丁切得細之又細，豬肉也是細絞，質地綿密，甜多於鹹，拌細麵吃。爸爸祖籍東北，炸醬用粗絞肉，肥肉多一些，骰子大的豆干丁，鹹多於甜，拌粗麵吃。

媽媽版和爸爸版都好吃，但我自己做炸醬麵，參考爸爸版多一些。

爸爸的炸醬，只用豆瓣醬和甜麵醬，不加其他佐料。炸醬只有絞肉也成立，有人愛加筍丁、豆干、番茄丁、毛豆粒、杏鮑菇，都行，惟須謹記：一定先炒好肉醬，再把那些料「拌」進去，不能一齊炒，口感差矣。

一定買上好的白豆干，別捨不得（我都買「名豐」或「禾乃川」的豆干）。切丁，鍋裡下一點油（豬油尤妙），炒乾。豆干轉為微黃，不再黏在一塊，就差不多了。

喜歡吃辣就用辣豆瓣醬，我都買不辣的。講究的一定指名岡山老牌，甜麵醬也有老鋪名產。我都隨便買，不挑牌子。若有郫縣豆瓣也不妨一用，記得先剁一剁。

用三分肥七分瘦的粗絞肉，才能出油，拌麵方便。直接入熱鍋，不用放油。炒著炒著肉會出水，待炒乾出油，再下豆瓣醬、甜麵醬。半斤絞肉加醬兩種各三大匙（郫縣豆瓣比台灣豆瓣醬鹹得多，用量要減半），嗜鹹多放豆瓣醬，嗜甜多放甜麵醬。講究的先用熱水把醬調勻，我都直接甩在肉上拌一拌。加了醬，轉中小火，避免焦鍋。

肉醬炒得差不多，再下豆干拌勻。若有筍丁也可以下一把，益增其鮮。麵碼兒是綠豆芽、小黃瓜絲、蛋絲。豆芽講究的要掐去頭尾，我懶得，洗洗燙熟就是。小黃瓜絲一定要刀切，不要用銼板，濕爛一團。番茄丁、毛豆、杏鮑菇什麼的，也都可以當麵碼。

蛋絲不難做，也很快：平底不沾鍋淋油少許，熱鍋轉小火，蛋液下去鋪滿，加蓋燜一會兒。等它凝得差不多，不必勉強整片翻面，用鏟子畫十字切成四等份，分別翻面就行。盛出略放涼，疊起來切絲。

麵也沒什麼學問，白麵都合適。麵煮好，講究的先過一趟冷水，我都直接撈進碗，帶一點煮麵水好像也不礙事。但若是菜場買的現切麵條，煮出來比較黏糊，那就還是過一下冷水，不要嫌麻煩。

吃不完的炸醬放冰箱，若放了豆干筍丁，最好盡早吃掉。半斤絞肉做的醬，兩人可以吃三四頓。

麻醬麵

都以為麻醬的主角是芝麻醬，其實花生醬一樣重要。

麻醬主角是一半一半的白芝麻醬（不甜）和花生醬（甜不甜都可以，要純花生的），若太硬不好拌，先挖出來加點熱水調開（也可以微波一下），再拌其他調料：醋（烏醋白醋皆可，白醋比較酸，少加一點）、醬油、麻油、蒜末、糖（若花生醬不甜）、辣油（看情形）。

一面調一面試味道，補醬也記得先加水調勻。調好的口味要比預期稍微重一點，拌麵就剛剛好。麵碼的小黃瓜、胡蘿蔔和炸醬麵一樣，一定要手切，不可偷懶用銼絲板。

有些店會賣「雙醬麵」，麻醬和炸醬加在一起，居然出奇合拍，根本是為我們這些永遠選擇困難的雙子座創造的恩物。既然兩種醬都會做了，誠心推薦一試。

一旦會調麻醬，不只拌麵，幾乎什麼菜都可以拌，還能當火鍋蘸醬，料理幅員瞬間擴張了一國。

蔥開煨麵

都說蔥開煨麵是「銀翼」的招牌，但我從小吃的都是他們的雪筍肉絲煨麵。它和墊了松針的小籠包子、湯濃料鮮的維揚雞火干絲、手撕的風雞和切成方塊的肴（ㄒㄧㄠ）肉，一齊構成我味覺記憶的原點。於是每次去，點的仍是雪筍肉絲煨麵。蔥開煨麵反倒印象不深，只記得湯是赤紅的醬油色。

若要在家做煨麵，雪筍肉絲太麻煩，還是蔥開簡單。一鍋到底，料理時間絕不超過半小時，材料亦極簡，只要蔥段、蝦米、麵條。

以前買了蔥常常忘在冰箱裡，最後都蔫了。現在蔥買來，一半洗了切段凍起，一半留著切蔥花，比較有效率。

蔥開煨麵最好用蔥段。「蔥開」的「開」指開陽，就是蝦米。蝦米品級差距很大，我買主婦聯盟蝦米，覺得已經夠好。凍起來慢慢用，一包可以用大半年。

直接拿煮麵鍋當炒鍋，熱兩大匙油，豬油上佳。抓一把蔥段、一把蝦米下鍋爆炒，到蔥段半焦為止。一定要半焦，甚至六七分焦，否則湯頭煮不到位。講究的先爆蔥再炒蝦米，我都一齊下鍋。蔥開爆好，熗一點黃酒提味，湯頭更有深度。

鍋最好是厚底，鑄鐵鍋頂好，比較不會焦鍋冒白煙。其實鍋底焦了也沒什麼，一樣煮吃，就是洗刷費勁。

講究的會先熬高湯，我常懶得，白水煮蔥開，煮久就是高湯了。鍋裡加水，滾沸轉小火，加蓋續煮十分鐘，至蝦米膨軟。水量稍微慷慨一點，等會麵條會吸湯。

這時候掏一掏冷凍庫，魚丸魚餃蛋餃什麼的，扔幾個下去一齊煮，也讓湯多點味道。當然這不是正宗做法，但自己吃嘛，高興就好。

嚐一下，湯差不多可以了，再下麵。江浙館子多半用雞蛋麵，我常用細關東麵或關廟麵。直接下在湯裡，沸滾轉小火，續煮八到十分鐘，一定要煮到麵膨湯稠，才是煨麵。這時候你就知道，水確實要多加一點。

蝦米已有鹹味，先不急著加鹽，嚐嚐味道。若不夠鹹，也可以在麵碗先擱一匙醬油。

把鍋裡的通通倒進碗裡，開吃吧。

熗鍋麵

「熗」，據教育部重編國語辭典，指的是「將肉、蔥花等用熱油略炒，再加入佐料水煮」。熗鍋麵系出北方，到台灣變成眷村菜，似乎是外省媽媽清冰箱的料理，我小時候沒有吃過。對岸熗鍋麵材料做法都不同，只有「用炒料和高湯一齊煮麵」以及必放的雞蛋是共通的，可見熗鍋麵是因地制宜，漸漸發展成現在的版本。

台灣的熗鍋麵，大概都會擱番茄、豬肉、高麗菜（台灣高麗菜甜脆好吃，取代中國版的大白菜是很有道理的）、大蒜、蔥花，以及必不可少的雞蛋。其他材料看冰箱有啥放啥，十分自由。重點是湯底：要煮出濃香的麵湯，用大骨湯或雞湯最好。

熗鍋麵也可以算是一種「北方煨麵」，麵條得選耐煮的，麵湯高湯煨到濃醇入味。若是煮到爛斷，就殺風景了。

我和妻都很喜歡衡陽路巷子的「龍記搶鍋麵」（對，他們寫成「搶」，據說是將錯就錯），濃濃的麵湯，寬麵很有嚼勁，湯裡是現炒的番茄、雞蛋、高麗菜，澆頭一把肉絲或一勺子絞肉，和著蒜碎一齊入口，熱呼呼吃完，必出一身汗。他們的做法：先起油鍋，下雞蛋、高麗菜、番茄，快火

熗鍋麵料太多，麵條都看不到了。鑊氣撲面，湯濃味足。

炒熟，淋大骨高湯，下麵條拌一拌，換小鍋煨煮，最後淋上澆頭。煨過的麵湯融入高湯的鮮、蔬菜的甜，非常好吃。

雖然沒有店家熱炒的炮爐，在家也能做出很不錯的熗鍋麵，只要把握祕訣。

肉絲適量，先用醬油、香油、黃酒、白胡椒醃起。高湯兩海碗，煮滾，下兩把麵。

一邊煮麵，炒鍋下寬油，三個蛋打散，油微冒煙再下鍋，炒散。接著是重點：分批放高麗菜、番茄、木耳、筍片——家裡瓦斯爐出力不比店家炮爐，若全部一次下鍋，瞬間降溫，不易炒出鑊氣。

淋些醬油黃酒，蔬菜炒到六七分熟。炒好的材料倒進高湯鍋，和麵條一齊攪勻，蓋上鍋蓋（留個縫免得噗鍋），湯沸轉小火，煨五到七分鐘。嚐一下湯頭，太鹹加水，太淡加醬油鹽巴。

趁著煮麵，炒鍋免洗，開火加油，下醃好的肉絲，炒熟備用。

待麵條膨軟，麵湯和高湯融為一體，就可以起鍋了。麵盛好，淋上肉絲澆頭，放一大把蔥花、一大把蒜碎（熗鍋麵例配生蒜），淋香油、花椒油、白醋少少，就可以開吃。鑊氣撲面，湯濃味足。

雪菜肉絲麵（附雪裡蕻醃法）

雪裡蕻醃法是作家愛亞教我的，一旦學會，就再也不必出去買了。

小芥菜（或青江菜、小松菜、蘿蔔纓）洗淨甩乾，放進夾鏈袋，倒把鹽巴（細鹽粗鹽皆可）搓一搓，沾布均勻。靜置十分鐘，擰一擰，倒乾汁水，盡量擠掉塑膠袋裡的空氣，放冰箱醃兩到三天，就是雪裡蕻了。嗜辣可加一根辣椒同醃。料理之前嚐嚐味道，若太鹹，浸開水洗一下。菜場買的雪裡蕻通常很鹹，也不知有沒有洗過，務必清水洗兩遍，沖掉泥沙。

雪菜擰乾切碎，梗和葉分開備用。肉絲加醬油、黃酒、少許糖和香油略醃，冷鍋冷油下蒜片薑絲，開火，肉絲炒開，下雪菜梗，炒熟入味再下菜葉拌一拌，即可關火。若沒有肉絲，絞肉或雞絲也可以。雞里肌用刀背拍平，逆紋切絲，就是雞絲了。

雪菜肉絲可做煨麵、湯麵、乾拌。若是煨麵，先煮高湯（雞高湯最佳），一半雪菜肉絲和麵條齊入湯鍋同煮，另一半等麵煮好再放上去當澆頭。若是湯麵，就另鍋煮麵，碗裡盛上高湯，再放麵條、澆頭。乾拌麵也可以放幾匙高湯，撒點白胡椒，更好吃。

乾麵心法

若是餓得慌，煮一碗乾拌麵，最能救急。

揚州乾拌麵，是用豬油和當地的蝦籽醬油作底，拌上蔥末、蒜末、白胡椒和麻油，很值參考。然而蝦籽醬油難買，想到建中旁邊「林家乾麵」的乾拌麵材料更簡單，只用白曝油、豬油、白胡椒和蔥花，也很好吃。綜合一下做法，簡單快速，保證美味。

燒水煮麵，一面煮，一面切一把蔥花、拍一顆蒜瓣切碎（放了蒜，就近乎揚州乾麵，若不放，就像林家乾麵）。

豬油值得在冰箱常備一罐。義美的很好，超市都能買到。當然若能買豬板油自己煉，最有出息。

取大碗，下一匙豬油、一匙醬油，熱水少許調開（若不嫌麻煩，醬油和豬油用小炒鍋熬一下，味道更融合，這是揚州做法）。乾拌麵建議用白曝醬油，和豬油的甜味融合，最美。

麵煮熟入碗，下切好的蔥花蒜末，撒上白胡椒（多撒些不礙事），拌勻，這就是我的「基本款乾麵」了。豬油和白曝油作底，其他拌料儘管自行發揮，若加烏醋提味，就是烏醋麵。嗜辣可加乾辣椒、辣油、辣醬。基隆朋友說他們乾麵會拌油蔥酥和豆芽，蔥花換成蒜苗、韭菜也是可以的。更不妨發揮創意，加幾滴花椒油或半茶匙魚露，入口有驚喜。

動物油的香氣是乾麵的靈魂。豬油之外，煎雞皮的雞油、牛排邊角肥脂煉的牛油、煎鴨胸的鴨油，也都很好。

進階的拌麵，還可以炸蔥油：碗裡放一大把蔥花，小炒鍋熱油至冒煙，唰啦淋上就完成了，可酌加醬油、鹽巴、高湯調味。淋在蒸好的雞肉，就是蔥油雞。若用四川菜籽油，蔥綠加上花椒，炸出來就是川味椒麻醬。

更高階的，是上海蔥油拌麵。蔥油得提前耐心熬起：青蔥一大把，切寸許大段。深鍋入油一碗（葵花油、花生油、大豆沙拉油、玄米油皆可，味道不太搶的就行），微火（火大即焦，全功盡棄），浸炸至少二十分鐘至蔥段焦褐（講究的，蔥白蔥綠分批下，我是覺得不必，全程小火就不怕焦苦）。續入醬油一碗、砂糖三大匙，煮開即可關火。既然這麼費事，乾脆一次多做點，裝罐慢慢用。以後每次煮了麵，挖些出來拌拌就可以開吃。

煮一碗乾麵，下幾粒丸餃餛飩，燙一把青菜，再打個窩蛋，就很有大餐的感覺了。再怎麼忙，總有從從容容吃一碗麵的餘裕，你值得的。

一鍋飯

——虱目魚炒飯、台南風海鮮鹹粥（同場加映乾煎虱目魚肚）、上海菜飯、鮮筍香菇雞肉炊飯

日本米好吃，連平價牛丼連鎖店的米飯也煮得好。但最難忘還是那種一泊二食旅宿，晚餐十幾道菜，最後端上來一土鍋現煮米飯。吃到撐死還是捨不得剩，沒吃完的飯他們會捏成飯團，漆盒盛起，留著當宵夜。結果明明飽到天靈蓋，半夜還是忍不住抓來嗑掉了。

以前去日本還會專程扛兩公斤米回來，現在倒真的不必了。打開農糧署稻米冠軍賽歷年得獎名單，台灣各地都有極厲害的國產米：池上、富里、玉溪、冬山、斗南、後壁、西螺、美濃、大甲、霧峰、新屋……，不同產區輪著吃，幾年都試不完。

斥資買了琺瑯電子鑄鐵鍋（小V鍋）之後，在家也能煮出粒粒晶瑩如珍珠的米飯了。剩飯用玻璃保鮮盒裝起，隔頓噴點水微波一分鐘，就和剛出鍋一樣好吃。若沒空在家吃，冰了兩三天的飯，做炒飯正好。

自從買了「山田工業所」鍛打中華鐵鍋，炒飯如虎添翼。奇輕無比，單手就能甩鍋。大師傅炒飯，總是使一支很帥的長柄大炒杓，我有樣學樣買了一支，有點沉，每次炒完都手痠到不行，最後還是回頭用炒鏟。

鐵鍋傳熱極快，家用瓦斯爐也能炒出熱炒攤的鑊氣。若是肉絲、蝦仁、雞丁，先醃一下，下鍋炒到半熟盛出，最後再拌進炒飯。若是培根，可先切細丁煎出油，培根取出，用鍋裡的油炒蛋。火腿已是熟食，不用預炒。炒飯我常下一把毛豆，不必解凍，冰庫拿出來微波一分鐘就行（也可以滾水燙一下）。

炒料原則：爭取短時間最大面積接觸高溫，食材盡量均勻切細。會出水的食材比方高麗菜先下鍋，飯才不會黏糊。

炒蛋，油一定要夠熱。寬油猛火，熱至冒煙，蛋不打散直接下鍋，炒

我的麻油虱目魚炒飯比「老街炒飯」清爽，也好吃。

出來便是「金銀蛋」，炒至鬆爽，再下米飯。

炒飯不一定非用隔夜飯，新煮的也可以，只要盡量鏟鬆，炒出來都好吃。若是冰箱拿出來的飯，先用湯匙或炒鏟把飯弄鬆再下鍋。若是熱飯，稍稍放涼再炒。新飯水氣多，多炒一會兒。結塊的飯壓一壓，才能炒得粒粒分明。

蛋和飯充分混合之後，再下料炒勻。看鍋裡都熟了，撒鹽調味，下一把蔥花，一點白胡椒，拌勻關火，盛盤開吃。此即我的炒飯法。

虱目魚炒飯

新化「老街炒飯」有虱目魚炒飯，加了麻油，鑊氣鮮香，一吃念念不忘。回家試做，口味略做調整，比較清爽，也很好吃。

現在超市已經可以買到去骨無刺的虱目魚肚、魚柳、魚皮、蒲燒、背肉、魚丸、香腸、高湯……，台灣養殖技術非常厲害，味美實惠，多吃虱目魚，也有益海洋生態。

虱目魚柳退冰，拭乾切丁。中火炒一炒，盛起備用。

鍋不洗，續加些油，全程大火，三顆蛋入鍋打散炒透。下高麗菜丁炒去水氣，再下白飯同炒。續下魚丁炒勻，加鹽和白胡椒調味，關火，澆一圈黑麻油拌勻（麻油久炒發苦，最後再加即可）。起鍋，開吃。

台南風海鮮鹹粥

南部人所謂鹹粥其實是湯飯。熟飯放到煮好的湯裡，而非生米放在湯裡煮熟。米飯仍粒粒分明，湯也還是清澈的。

我在台南最難忘大勇街「無名鹹粥」，滿滿一碗虱目魚骨熬的高湯，大量魚肉和鮮蚵，配上淋肉臊的油條，天堂不過如此。店裡大鍋煮著，門口阿姨一面和堆成小山的現流虱目魚奮戰，剖腹、清洗、去刺、分切，行雲流水，精采極了。

回到家裡，當然沒有現流鮮魚，但市面上虱目魚產品已經很不錯，主婦聯盟還能買到虱目魚高湯，做鹹粥很可以了。我的海鮮鹹粥，虱目魚仍是主角，又參考岳母常做的海產粥，加了蝦仁和透抽，成為升級豪華版。既然沒法天天去大勇街，這一鍋也是很能療癒的。

虱目魚肚、魚柳退冰，除去魚鰭，切大塊。蚵仔沖水挑去碎殼（亦可用蛤蜊，要先放鹽水吐沙），蝦仁撒鹽巴抓一抓，若有黏液就沖洗一下。若是帶殼蝦，開背去泥腸，剪掉蝦鬚。

透抽處理方式：頭連內臟一齊扯出，摘掉眼睛，沖淨黑色汁水。抽去透明鞘骨，除掉墨囊和剩餘的內臟，體腔沖乾淨，和頭部、觸腳一齊切成適口大小。

綠竹筍切絲，嫩薑切絲（若是老薑就切片，煮好撈掉），芹菜切細丁。

冷凍虱目魚高湯下鍋，兑水少許，煮開，淋一點米酒。看湯將滾未滾，入透抽燙至七八分熟，盛起備用。

下虱目魚肚、魚肉、筍絲、薑絲。魚肉耐煮，久煮無妨，但其他食材不可一古腦下鍋，要注意時機：讓湯滾一滾，再下油蔥、蒜酥、蝦、蚵仔（蛤蜊），闔蓋轉小火，稍煮片刻（或等蛤蜊開殼）即可關火。嚐一下鹹淡，再決定是否加鹽。

取海碗，盛上熱飯，再澆湯料，別忘了剛剛燙好的透抽。撒芹菜珠和白胡椒粉，攪一攪，開吃。啊，你會衷心感激我們住在這美好的海島。

同場加映：乾煎虱目魚肚

超市買的冷凍虱目魚肚，若要乾煎，需要一個有蓋的平底鍋。做法極簡單，成果極鮮美。

魚肚不需解凍。拆掉包裝，皮朝下入平底鍋，轉微火，加蓋。冷鍋起算，煎十二分鐘。不用開蓋，不用鏟，不用搖晃，放著就好。魚肚會漸漸出油，把自己煎熟。

講究的，煎十分鐘開蓋，魚肚翻面，再煎一分鐘，把肥油煎香，口感更佳。

撒點鹽，即可開吃。皮脆肉嫩，魚油貌似肥滯，入口卻鮮甜無匹，絕無腥膩。煎過的魚肚拆肉入鹹粥，又是另一番滋味。

上海菜飯

在餐廳吃的「上海砂鍋菜飯」，金華火腿和青江菜紅綠相映，漂亮得很。他們通常是先炒鹹肉和青江菜，再與高湯煮熟的白飯拌炒，盛進砂鍋，上爐子燒出鍋巴。如此可保菜梗口感清脆，飯也粒粒分明。

但我始終比較喜歡小時候中山堂旁邊巷子「隆記菜飯」的版本，那是我心目中「菜飯」的原型，他們是青江菜和生米一齊煮的，青江菜蒸得軟黃，飯也比較軟糯。後來去「上上咖啡」，除了招牌羅宋湯配大蒜奶油麵包，店家還可以代點隆記的排骨菜飯，反正兩家店只隔一道牆，端過來就是了。我在那兒吃過幾次菜飯配咖啡，美得呢。

二〇一八年隆記歇業，那樣的菜飯，只能在家自己做了。其實家常速簡版菜飯不需從生米做起，炒鍋下鹹肉青菜炒熟，拌上熱飯，就很好吃。但我想念記憶中的老味道，還是搬出鑄鐵鍋，從生米煮起，一鍋到底。電鍋當然也行，就是少一點老火味。

青江菜五百克切一切，菜梗菜葉分開，加鹽抓醃，擠去水分，濾出來的菜汁別扔。鹹肉切丁（金華火腿或家鄉肉，或兩種都放，帶肥最好。我試過用培根，也好吃）。鍋裡潤點油（最好用豬油），大火炒香鹹肉，續下菜梗，再下菜葉炒熟。倒入白米兩杯（要先洗浸過），一齊炒勻。也有人加蒜碎、香菇、豆皮同炒，都行，但要注意料放得愈多，煮飯的水就要按比例增加。

高湯加上剛剛濾出來的菜汁，量兩杯份，加一點黃酒提味，下鍋攪勻煮沸，關蓋，小火燜煮十二分鐘，關火續燜十二分鐘（米飯是燜熟而非煮熟），若要有鍋巴，開蓋前中火燒一分鐘。最後加一匙豬油拌拌（這是正宗上海菜飯不能省的步驟），即可上桌。

萬一米飯夾生也別懊惱，再加一點點水，小火多煮五分鐘，再燜五分鐘就行。

青江菜當然可以用其他葉菜代替，鹹肉換成香腸臘肉臘腸都行，但那樣就不是上海菜飯了。哎呀，好吃就好。

鮮筍香菇雞肉炊飯

和風炊飯和菜飯的意思差不多，都是用高湯把生米煮成熟飯，順便燜熟拌進去的食材。做炊飯，煮飯加水的份量要把食材計入，多加一些，不然飯會夾生。鑄鐵鍋或土鍋做炊飯最好，電鍋當然也可以，沒有鍋巴就是了。

和風炊飯可以用柴魚、昆布製作的基本高湯，當然可以用市售高湯包（我都用「茅乃舍」湯包），或是現成雞高湯、大骨湯。炊飯是清冰箱的料理：根莖、豆類、玉米、蕈菇、雞豬魚肉皆宜。若有葉菜，也可以切絲拌進去。

台灣綠竹筍冠絕天下，那就做個鮮筍香菇雞肉炊飯吧。

上好的鮮筍，彎如牛角，筍尖不冒綠，個頭未必大但拿在手裡沉沉的，根部切口不變色不乾縮。若有此等好筍，務必與時間賽跑，盡快處理，免得暴殄天物。有人主張水煮，有人主張蒸熟，我是都用蒸的：連殼洗淨，電鍋蒸熟，放涼冰起。若更講究，整支筍浸水放冰箱。

沿筍殼背部中軸線豎著劃一刀，一層層剝下筍殼，再削掉剩下的殼和皮，滾刀切丁。乾香菇泡開，擠去汁水，去蒂切絲，菇蒂亦可一齊切了入鍋。泡過香菇的水很珍貴，萬萬別丟。

雞肉切丁（雞腿肉、雞胸、雞里肌都可以），備用。

洗兩杯米，浸泡一小時，濾乾入鍋。泡香菇的水加清水，總量兩杯半到三杯（視食材份量而定），倒進鍋裡，再加一大匙日式淡醬油、兩人份柴魚高湯粉。我是把「茅乃舍」高湯包撕開倒進去，其實任何日式高湯包、高湯粉都適用。若是液態濃縮高湯，記得液體總量就是兩杯半到三杯。若沒有高湯包，不用也沒關係，味道還是不錯的。

香菇絲、筍塊、雞丁放進鍋裡，平均鋪滿。闔蓋開大火，鍋緣冒出蒸氣即轉微火，炊煮十二分鐘關火，續燜十二分鐘即成。

同樣地，若沒時間從生米煮起，也可以先把食材炒熟，拌入熱飯，撒上日式高湯粉拌勻。口感不同，好像也不能叫炊飯，但很可以應急，也好吃。

鐵鍋麵包（同場加映星野酵母）

最近這幾年，拜「廚房裡的人類學家」莊祖宜之賜，在家烤了上百顆鐵鍋麵包。想當年她剛出第一本書就追看她的部落格，後來也跟千萬粉絲一樣跟著她試做蔥油拌麵、爐烤雞腿、寧波小洋芋，當然還有鐵鍋麵包，祖宜惠我多矣。

學習鐵鍋麵包之前，我用一台岳母家搬回來，九〇年代初期出廠的麵包機（體積足足是現行機種兩倍）烤了許多條吐司，偶爾分送親友。一次民主前輩林世煜先生（朋友都叫他 Michael）到舍下作客，吃了我的自製吐司讚不絕口，竟因此立志投入手工麵包之道。接下來幾年，他添置設備，發憤鑽研，變成我望塵莫及的烘焙高手，很多朋友都收到過他親手做的麵包。二〇二二年 Michael 過世，每次看到麵包機，都會想念這位遠行的人格者。

大疫期間，去迪化街買了可以和電鍋搭著用的蒸籠，揉麵做饅頭、包子，竟也有模有樣。又買了吐司模和蛋糕模，烤了山形吐司、胡蘿蔔蛋糕、布朗尼、檸檬磅蛋糕、抹茶戚風蛋糕……，不過最常做的仍是鐵鍋麵包，實在太簡單又太好吃。

自從在家做鐵鍋麵包，我們極少買外面麵包店的吐司。前幾年祖宜新書發表會，我應邀主持，烤了兩顆帶到現場和大家分享，祖宜大讚好吃。哎呀，我做的麵包能被她稱讚，簡直比入圍金鐘獎還高興。

鐵鍋麵包失敗率幾乎等於零，只需要麵粉、酵母、鹽巴、水。鐵鍋提供封閉保溼的環境，麵包烤出來外脆內軟。吃不完凍起來，噴點水回烤一下，就跟新出爐一樣好吃。

我主要參考莊祖宜的食譜（她則參考了「免揉麵包之父」Jim Lahey 的做法），根據實戰經驗，歸納出更簡便快速的做法。

在家做麵包，除了鑄鐵鍋和烤箱，你還需要一個秤（我是用電子秤）、和麵大盆、隔熱手套、烘焙紙，最好還有一支矽膠刮匙。

自從在家做鐵鍋麵包，就很少買外面的吐司了。

首先是麵團，很多食譜建議用中筋麵粉，我都用高筋，覺得嚼勁更佳。大盆倒入三百克麵粉，加溫水二四〇毫升，即發乾酵母三克，鹽六到十克，也可以加一大匙糖提味。既然叫「免揉」，當然不必揉，通通用刮匙攪拌均勻，看不見麵粉顆粒就行。覆上布或保鮮膜，靜置三小時。

發酵時間視室溫而定，春夏發得快，秋冬久一些。看麵團漲到表面平滑，就差不多了。撕一張烘焙紙，墊在鑄鐵鍋底。發好的麵團用刮刀大致整成圓形，再刮進鍋裡。蓋上蓋子，靜置四十分鐘，這是二次發酵（後來我這一步也省了，直接進烤箱，結果其實差不多）。

若要漂亮，表面撒些過篩的麵粉（若無麵粉篩，撈網也行），取利刀在麵團表面劃幾刀，加熱時空氣可以散出來。我後來都拿料理剪刀剪一剪，效果一樣好。整一整紙邊，加蓋。紙邊跑出來也沒關係，麵團扁扁攤在鍋裡也別擔心，烤烤就會發起來的。

烤箱上下火全開，加熱到二三〇度，鑄鐵鍋放進去，計時二十分鐘——這一步，講究的先預熱烤爐和鑄鐵鍋，再把鍋取出，放進麵團。我省掉這些步驟，直接冷鍋入冷爐，不會燙到手，更方便，烤久一點就是了。

時間到，端出鑄鐵鍋，掀蓋，連烘焙紙取出麵團，這時它已經膨脹起來了。連紙放回烤箱，續烤十五分鐘上色，或烤到表皮金黃為止。當然也可以整鍋掀蓋續烤，但這樣上色比較慢。

取出麵包那一刻，滾燙的麵包遇到冷空氣，會發出嗶嗶剝剝的微小聲音，那就是新鮮出爐的麵包之歌。放涼再切（最好有一把麵包刀），吃過之後，你也會跟我一樣，從此不買外面的吐司了。

注：後來莊祖宜看了這篇文章，說我是首倡「冷鍋入冷爐」的人，讓她從此不怕預熱鍋子燙到手。我笑稱以後「鐵鍋麵包紀念館」一角會有我的銅像，下書「冷鍋入冷爐首倡者」。

同場加映：星野酵母

星野酵母是日本製作的乾酵母粉。和即發酵母不同，星野酵母要先加水攪拌成糊狀，再視溫度環境靜置一段時間，喚醒酵母活性。星野酵母做的麵包，比即發乾酵母更細緻，香氣也更優雅。

起種方式：取乾淨玻璃容器（最好先燙過消毒），酵母粉加兩倍三十度溫水，攪勻覆上保鮮膜（不宜旋蓋密封），靜置溫暖處，若有恆溫二十五到三十度之間的環境最好。有些麵包機和電子鍋內建酵母行程，最是方便。沒有也無妨，放著總會發起來的。

靜置二十四到四十八小時，酵母先會起泡再縮回。耐心讓它慢慢發，看它冒出很多小泡泡，有股酒釀的香氣，就差不多了。取乾淨湯匙攪勻，放冰箱，賞味期限兩星期。

星野酵母麵團發酵時間是即發乾酵母兩倍，也就是六小時。用量抓麵粉量十分之一，三百克麵粉就用三十克酵母。抓準份量，延長發酵時間，就不太會失敗。

大肉三鍋

——東坡肉、紅燒豬腳、白煮豬腳

東坡肉

菜館常有這一道：大大一方肉，淋上稠稠甜甜的醬汁，外場阿姨取刀叉切成手指厚肉片，配切細的蔥絲夾刈包吃。一口咬下，豬油和醬汁四溢而出，很難不沾手。有時候盤邊鑲一圈燙熟的綠花椰菜或者青江菜，聊以解膩。

亞都「天香樓」的東坡肉則不似別家那樣一大塊盛盤，而是切成小方，盛在陶甕裡上桌，配飯而非夾刈包。醬汁也沒有收稠，保持湯水狀態。燉肉的黃酒是自家調配，味道很醇厚。這樣的東坡肉，果然就像故宮那塊著名的「肉形石」。

東坡肉最要緊就是入味。餐館端出來的經常沒煮透，熟是固然熟了，然而瘦肉無味，肥肉膩口，全靠醬汁救援，品級就次了。還有勾芡淋醬的，更是等而下之。

對付這塊豬肉，唯一的祕訣就是耐心。滷汁煮滾放涼，隔夜再滾，如是者三，保證酥爛嫩潤，入口即化。

首先，買五花肉一方。必須真正上好的豬肉，不帶豬臊味的，請肉販幫忙切。說要做東坡肉，人家就知道了。這錢不可省，不然不要做。記得挑肥肉比例多一點的，肉若太瘦，也不如不要做。

滷汁：蔥、薑適量，八角兩粒，冰糖，紹興。黃酒是關鍵，絕不可圖方便改用米酒，那就變成台式焢肉了。

紮肉的棉繩，雜貨店都有賣，細繩即可。我是網購了一捆日本貝印牌五號料理繩，很好用。若有藺草，綁起來也很風雅。

肉可以整塊煮，也可以切了再煮，方便分食。都得先把肉紮起，以免煮到肥瘦分離，大殺風景。

肉入深鍋，注冷水開煮，水沸轉小火，滾十來分鐘，撈掉浮沫。這一步「飛水」除掉雜質，也讓肉塊定型。取出沖冷水，擦乾摸一摸，若有豬毛，細心鑷掉。

燉東坡肉，最好用鍋壁厚能保溫的鍋子，陶鍋（土鍋）、鑄鐵鍋都好。講究的先炒糖色：鍋裡放點油，下冰糖五十克，中火拌炒，盯緊，看糖漿忽然大大冒泡變色，趕快關火，小心別炒焦。若嫌麻煩，略過此步也行，成品顏色沒那麼漂亮就是了。

糖色炒好，肉下鍋，開小火先煎一煎豬皮，再翻動翻動，讓每一面均勻沾裹糖色。再次提醒：肉盡量擦乾，否則熱油遇水會爆得到處都是。

下老薑五六片，青蔥兩根（打個結），八角兩粒，冰糖四十克。豬皮朝底，下醬油一百毫升，再倒黃酒，淹到肉一半高度，最後加水蓋過肉。煮沸轉微火再加蓋，燉兩小時。每隔二十分鐘翻動一下，避免黏鍋。

燉至一小時，整塊肉上下翻轉，皮朝上，繼續燉煮。嚐一下滷汁，調整味道。此時的鹹淡，就是最後的鹹淡。續煮一小時關火，不掀蓋，讓肉浸著慢慢放涼，才會真正入味。若是心急，浸半小時可先試吃，但請聽我勸：隔夜更佳，不要猴急。

次日吃之前開火煮沸，若要更入味，就把「煮沸、放涼、再煮沸」的程序重複一次。取些滷汁放小鍋，加冰糖少許，煮煮收汁，即可當成淋醬。若嫌麻煩，直接撈吃也可以。

剩下的滷汁，滷什麼都很美，更可沸過放涼凍起，作為下一鍋東坡肉的基底。滷味兩大原則：一、煮沸十分鐘，浸泡至涼。若要熱吃，上桌前再煮沸。二、滷汁鹹淡等於滷菜鹹淡。謹記在心，就不大會失手了。

紅燒豬腳

豬腳紅燒白煮，都是天堂珍味。腳分前後，前蹄有筋，後蹄多骨。大腿部位是腿庫，也就是蹄膀、元蹄，北方人稱肘子。

爸爸從前每隔一陣就會上菜場挑一顆肘子，家裡一口很有歷史的「慢鍋」，插電的，內壁是上釉的厚陶，專門拿來燉紅燒肘子。爸爸悉心照顧那隻肘子，隔段時間翻動翻動，淋一淋滷汁，燉好並不馬上吃，而是放涼了冰起來，滷汁成凍，豬油結成霜白，才切薄片冷吃。

畢生所吃紅燒豬腳，以「大篆」麵館為天下一品，可惜關店久矣，成為絕響。坊間名店甚多，但要找調味得宜，不求不放味精只求下手別那麼重，煮得夠透夠爛，肥肉不膩瘦肉不柴的，還真不容易。奈何奈何，自己做吧。

菜場買的豬腳得費事洗刷拔毛，我買「主婦聯盟」冷凍豬腳切塊，也會光顧蘆洲「蔡家精緻肉品」，都處理得非常乾淨，肉質也好。

切塊豬腳約一公斤，常溫退冰，飛水撈去浮沫浮渣，放進盛冰塊的大盆降溫，皮肉收縮，口感更佳。仔細沖洗一遍，拿支舊牙刷刷淨雜質，鑷掉豬毛。

剝幾瓣蒜，切些蔥段薑片，八角兩粒，熱鍋熱油炒香。豬腳入鍋翻炒兩三分鐘，逼出一些油。加醬油一二〇毫升，黃酒五十毫升，冰糖兩到三大匙，五香粉少許，繼續翻炒至上色。若有皮肉屑黏鍋，刮起同炒。

加水一公升（或至少淹過豬腳八分高），煮沸轉小火，關蓋續煮十五分鐘，開蓋翻翻，上下都能煮到。嚐一下湯汁，斟酌調整甜鹹。

重新上蓋，微火燜煮一小時。開蓋轉中大火，續煮十到十五分鐘，收稠湯汁。筷子戳戳，若能輕易戳穿就差不多了。腳蹄部位比較不易煮透，可微火關蓋多煮十分鐘（盯好小心黏鍋）。或是先撈其他部位吃，腳蹄浸著，隔頓也就軟透了。

起鍋配飯，或另鍋燙把麵線，取些湯汁乾拌，配些素菜，就是豐盛的一頓。

白煮豬腳

妻老家在高雄。外公外婆還在的時候，每年回去給老人家做壽，四代人齊聚一堂，大舅媽總會煮豬腳麵線給全家人吃。大家族人多，得輪班上透天厝二樓餐桌，吃完一輪再換人。一大鍋豬腳，麵線另煮，自己組合，上桌配一碟辣椒醬油。老實說，每次和妻回高雄，最期待的並非海鮮餐廳那場壽宴，而是大舅媽這鍋白煮豬腳。

大稻埕慈聖宮前那攤豬腳湯也不錯。掛出來的菜單只有腿肉湯、豬腳湯、豬腳麵線、乾麵線。「腿肉」就是不帶骨的腿庫，「豬腳」是蹄尖和中箍（tiong-khoo）。若不指定部位，大抵以蹄尖為主。蘸醬有一缽辣椒醬油和一缽大蒜醬油膏，可以自取，辣椒極香極辣。用餐時段生意大好，坐在攤上看老闆和幫手接單、切肉、下鍋、分裝、補料、出菜，行雲流水，引人入勝。許多指名「四點」，這才知道中箍可以單點——前腳中段切開有四支骨頭，故名。

大舅媽的豬腳麵線和慈聖宮豬腳湯都下了味精。其實味精也沒什麼（妻說她阿公以前到外面吃飯，兜裡自備一小瓶味精，上菜撒了再吃，美得！），可惜這些年體質改變，對味精特別敏感，吃完往往嘴乾舌麻。某些店家下手還特別重，只好敬而遠之。曾聽朋友描述在某馳名滷肉飯親眼所見：廚子拿出一袋營業用味精，一刀劃破，整包連袋扔進煮著的大滷鍋，大杓攪一攪，再撈出袋子扔掉。那家店，我是不可能再去了。

爸爸也會煮豬腳湯，放很多白蘿蔔，起鍋撒上香菜，好吃。後來我學著做，下胡蘿蔔同煮，湯更甜。詹宏志先生的白煮豬腳只下米酒和大把蔥白，熱吃涼吃皆宜。有幸吃過涼菜版本，豬腳爽脆，湯凍清新，十分雅致。

二〇二〇年冬，林生祥在淡水雲門劇場辦《野蓮出庄》專輯演唱會，會後請年輕總鋪師「金葉摸油湯」掌杓露天流水席，菜色完全搭配專輯主題。那天吃到「藥膳樹子豬腳湯」，恨不能整鍋端起來喝乾。當場買了料理包，回家又燉了一鍋，從此迷上樹豆——它是客家人從原住民學來的食材，與肉類同煮能吸盡肥油，令湯底清爽豐潤。吸飽肉湯精華的樹豆，更是美味絕倫。生祥說他媽媽每次煲樹豆湯，兄弟聞香都會自動拿碗公排隊。樹豆亦可燉排骨，但和肥腴的豬腳是絕配。乾樹豆浸泡一夜，與汆燙過的豬腳同鍋，下一點米酒，慢燉至樹豆熟透。喝過了，就知道它何以是生祥心目中的究極美味。

去年生日，我到「蔡家」買了兩大份前腿，給自己煮豬腳麵線。只放蒜頭、老薑、米酒，一點魚露取代味精，為湯底添些「隱味」，喝了也不會口渴。我還買了豬尾巴一齊煮，湯底膠質更豐。

「蔡家」豬腳處理得很乾淨，省卻很多前置工夫。接下來都很簡單：先飛水煮一遍，換水，下調料，煮一個半鐘頭。關火靜置四十分鐘，即可開吃。湯色濃白，皮爛肉嫩，奶香撲鼻。另鍋煮鹿港麵線，盛碗撒上香菜末，再斟一碟白曝醬油蘸吃。嚼得滿嘴黏呼呼的膠質，舒服地歎口氣，就是我送自己的生日大禮了。

這碗白煮豬腳麵線，是我送自己的生日禮物。

不必上燒臘店

——廣式脆皮燒肉、玫瑰油雞、叉燒松阪豬（同場加映零失敗白切肉）

廣式脆皮燒肉

我熱愛廣式燒肉。香港吃到的極品且先不說，米其林等級的粵菜館也先不提，台北最好的廣式脆皮燒肉，首推古亭站附近小鋪「陳嘉興」所製。以前電台錄音常順便去吃飯，燒肉總是不到中午就賣光，去十次只能吃到兩次。後來再去，竟然歇業了。

好吧，那就化悲痛為力量，自己做做看。

查了食譜，確實有點麻煩（很多令人心生敬畏的大菜，料理起來並不難，只是麻煩）。首先要有耐心，醃好得放冰箱風乾兩三天，還得用「鬆肉針」戳豬皮。這東西以前沒用過，上網買就是了。

超市不大容易買到帶皮的整塊五花肉，我在主婦聯盟買到了品質很好的「神農獎」冷凍帶皮五花肉條，一條正好一斤（後來我去傳統市場黑豬肉鋪，切整大塊的五花，也很讚。跟他們說要做廣式燒肉，就對了）。

醃料最好還有「沙薑粉」，又名山柰、三柰，中藥行有賣。我是上網買的，幾十塊錢一大包。不只廣式燒肉，也可以醃雞肉豬肉、入湯、紅燒、煮咖哩，能做出粵式正味。我看各家食譜都說沒有沙薑粉也沒關係，覺得很奇怪，既然這樣為什麼要寫進食譜？我都還是放了。

取大鍋燒滾水少許，水位五公分高即可。講究的放蔥薑米酒去腥（我買的肉夠好，這部份就省了）。五花肉拭乾，皮朝下入鍋，煮個兩三分鐘，把皮燙熟，肉的部份不必管，取出放涼。或者整塊肉煮到半熟，再撈出來過冰水，看你方便。

接下來，鬆肉針在豬皮表面密密麻麻戳洞，不必太深，把皮戳穿即可（若沒有鬆肉針，用叉子也湊合，但遠不如鬆肉針好使，肉得再煮久一點才容易戳）。戳得愈密，烤肉「爆皮」效果愈好，記得，皮要擦乾。

一茶匙五香粉，一茶匙沙薑粉，一茶匙醬油，兩人匙玫瑰露酒（也可用黃酒，我混著用，效果很好），以上調勻，就是醃料。比例可依個人口味增減，有人主張加點細鹽，我覺得已經夠鹹，可以不加。

醃料均勻塗抹在肉上，盡量不要抹到皮（易烤焦），萬一沾到，擦掉就行。若要更入味，底面可切幾刀（小心別切斷了）。撕一大張鋁箔紙，肉放中間，四邊摺起，只露出豬皮。小湯匙盛白醋抹在豬皮，均勻推開，讓醋滲進去。不會酸，不要擔心。這一步，是要讓皮烤得脆。

肉不加蓋放冰箱冷藏室，風乾兩到三天（有人只風乾三小時，我建議還是多些耐心，值得的）。

肉取出，另取鋁箔紙，四面包起只露出豬皮，這次「鋁箔紙牆」要比豬皮高出一到兩公分，均勻抹上粗鹽，到看不見豬皮為止。這是為了盡量吸乾豬皮冒出來的油水，不會太鹹，不要擔心。

做脆皮燒肉，一般三十公升烤箱綽綽有餘，不是非要用什麼高貴的蒸烤爐。

烤箱兩百度，烤五十分鐘。肉取出，小心燙，會烤出很多肉汁，通通倒掉不要。粗鹽已經烤成一層殼，盡量刮乾淨，豬油拭乾。有人主張這時再用鬆肉針密密插一回，我試過，肉太燙，不好施力。只要第一次插得夠確實，就沒問題。

烤箱轉到二三〇度，拿掉鋁箔紙，置烤盤續烤三十到四十分鐘。底下記得墊層烘焙紙，會烤出很多很多油，肉最好墊個架子，不要浸在油裡。若放到烤箱上層靠近燈管處，會更快爆皮，但也更容易燒焦。我仍放在中層，讓它慢慢爆。

很快你會聽到卜卜啵啵的聲音，豬皮表面陸續泛出油泡，爆成脆皮。看緊了，等整個表面都爆得差不多，便可關火。務必全程關注，切勿大意烤焦，前功盡棄。

最後，肉取出一定要靜置至少十五分鐘再切，保證是你平生所吃最脆皮的燒肉。若是吃不完，隔頓回烤箱熱一下，仍然好吃，但皮就沒那麼脆了。乾脆請朋友來家裡一起吃吧，這是宜於分享的大菜。

在家也能烤出平生吃過最脆皮的廣式燒肉。

玫瑰油雞

之所以叫玫瑰油雞，是因為滷汁用了玫瑰露酒。油雞全稱「豉油雞」，豉油，就是醬油。

玫瑰露酒，以香港「永利威」出品最是知名。此物以陳年高粱作底，新鮮玫瑰花瓣浸足九個月，蒸餾勾兑而成。有送禮用的陶甕裝，也有營業用的玻璃瓶裝。後者酒精度更高，入菜更有效率。

那年香港小友K來台灣作客，知道我愛下廚，帶了兩樣伴手，都用了玫瑰：一甕古色古香貼紅紙的「豬膽瓶」永利威玫瑰露酒，和一罐半島酒店的玫瑰草莓果醬。我珍而重之，省著用了很久。未幾香港翻天覆地，「國安法」之後，我已不敢再去。大疫平息，國境重開，K終於能再訪台灣，又帶了些好東西來：「有利腐乳王」的欖豉醬、剁椒、沙茶醬、油欖角，和我心心念念的永利威玫瑰露酒——再怎麼省著用，之前那甕仍是見底了。這回帶的是玻璃瓶裝，正合我意。

有了玫瑰露酒，做玫瑰油雞、廣式脆皮燒肉、醃叉燒，都多了三分底氣。實在沒有，紹興當然也可以，也是好吃。然而一旦聞過玫瑰露酒勾魂的香氣，都會上癮的。

燒臘店做玫瑰油雞，一般是全雞大鍋滷透，刷上麥芽糖，放涼斬件盛盤。家裡沒辦法搞那種大陣仗，改用電鍋先蒸再浸，買去骨雞腿肉，一鍋滷汁不只做油雞，還能滷蛋滷豆干滷豬腳，物盡其用。

去骨雞腿肉三到四片，這得盡量買好雞。市面上很多價錢實惠的優秀雞肉，比方主婦聯盟白肉雞，久滷仍鮮甜彈牙。

醬油一杯，玫瑰露酒半杯（或紹興花雕之類黃酒。米酒也不是不能湊合，但何必呢），冰糖半杯，水六杯。以上都是「米杯」，一杯一八〇毫升，也就是日本所謂「一合」。

滷料真要講究，是個無底坑，問題是每種都只需要一小撮，買了也不知要用到何年何月。

青蔥一兩根，老薑五六片，萬用滷包一個（有八角、陳皮、桂皮、肉桂、月桂葉就差不多了），可再補上甘草五六片，花椒一小撮，若有沙薑粉，可下幾匙。有人還會加洋芹、香菜，亦值參考。若沒有滷包，只放八角花椒也行，總之，有什麼放什麼。正宗滷料還會放草果，這東西要去中藥行買，我沒放，也好吃。

麥芽糖適量，最後上色增味，蜂蜜也行（雖然不正宗）。麥芽糖在南北貨店、中藥行都買得到，一罐可以用很久。

炊具只需要電鍋，拿最大的內鍋，一鍋到底。外鍋一杯水，內鍋放所有材料，包括水，但先不放雞腿。蒸到跳起攪一攪，先把滷汁做起。

嚐一下，調整味道。此時的鹹淡，就是最後成品的鹹淡。

雞腿肉拭乾，入滷鍋。外鍋一杯水，蒸到跳起（約十來分鐘）。電鍋不需撥到保溫，關掉電源，靜置降溫到不燙手的程度，即可撈出。也可以端出內鍋，加蓋，放涼到室溫，再把雞肉取出。

這一步，是用浸泡取代久煮，讓雞肉燜熟。滷菜好吃，都是浸熟而非久煮。若是煮熟，肉就老了。

雞皮拭乾，抹上麥芽糖，切塊盛盤，即可上桌。若要涼吃，刷上糖水整個放冰箱，吃之前再切。

滷水珍貴，撈掉滷包調料，下回可以續滷，味道愈來愈美。惟須謹記，豆製品和蕈菇之類，須另盛小鍋。滷汁煮沸放涼，夾鏈袋放冷凍庫，即可保久。

叉燒松阪豬

廣式叉燒，其道深矣。講究的館子烤叉燒，得用掛爐。肉呢，頂好是豬肩上背部位的「上脢頭」，我們習慣叫「梅花肉」。這塊肉瘦多肥少，肥油呈大理石紋放射分布，嫩而不膩，最適合烤吃。

燒臘店吃三寶飯，叉燒早烤好吊在玻璃櫥，隨點隨切，多半涼吃。若冷硬乾柴還會塞牙縫，就太沮喪了。自己在家烤現吃，那才叫過癮。

我在家烤叉燒，偏偏喜歡用松阪豬。

松阪豬是豬頰連接下巴的部位，一頭豬只能切出兩片，六兩重，肥瘦相次，充滿縱橫平行的油紋。脆嫩爽口，怎麼煮都不會老。當然，價錢也不便宜。

永和「三分俗氣」招牌菜「白灼禁臠」，便是松阪豬的白切肉。我的愛店「1117一起Café」香煎松阪豬切厚片，淋胡麻醬配茭白筍吃，也是逸品。松阪豬烤叉燒，豐潤脆爽，覺得比胸頭肉更勝一籌。

開頭幾次烤叉燒，用過現成叉燒醬，也試過港式烤肉醬加紹興酒。後來自製醃料，果真更上一層樓，從此都靠自己了。

一公斤左右豬肉，調料份量如下：醬油、蠔油各五十毫升，玫瑰露酒（或紹興，或一半一半）三十毫升，蜂蜜六十毫升，糖六十克，蒜碎（或蒜粉）二十克，鹽半茶匙，南乳醬一大匙（此物南門市場有售，粵菜常用，亦可和韭花醬、芝麻醬一起調酸菜白肉鍋的蘸醬）。

肉和醃料全部入夾鏈袋，揉勻，盡量擠掉空氣，放冰箱醃二十四小時。

烤之前盡量刮掉黏在肉上的蒜碎（刮不乾淨沒關係，烤烤就會脫落），刷一層麥芽糖水或蜂蜜，再進烤箱。

在家烤叉燒，當然沒有掛爐。有人大費周章在烤箱裡弄個鉤子把肉吊起來，實在自找麻煩。烤盤墊張烘焙紙，烤到一半翻面續烤就行了。

烤箱調到二三〇度，先烤十分鐘。取出翻面，再刷一次麥芽糖水，放回烤箱，續烤八到十分鐘。看看轉為均勻的焦糖色，就差不多了。若還沒好，就再刷些糖水，烤到可以為止。松阪豬很耐烤，只要不燒焦就沒問題。邊緣焦了不要緊，最後切掉就可以了。

整盤取出，利刀切掉邊緣焦黑部分，再切斜片，如此口感最佳。趁熱盛盤上桌，準備迎接大家的歡呼吧。

叉燒松阪豬，斜刀切薄片最好吃。

同場加映：零失敗白切肉

用岳母教我的「零失敗白切肉」做法，買松阪豬回家做「白灼禁臠」，雖未必能拿去「三分俗氣」賣，也夠好吃了。

這個做法，只要買對肉，會煮開水，就不可能失敗。若捨不得買松阪豬，也可以挑里肌肉、梅花肉、五花肉，肥瘦相間的就對了。

肉從凍庫拿出，免退冰，凍肉入冷水，就這樣給它煮到滾。可加些蔥薑米酒，不加也沒關係。水沸關火，燜浸十分鐘。撈出來，筷子戳一戳，冒出的肉汁若不帶血水，就是熟了。若仍帶血水，就再滾一下。撈出靜置，稍微放涼再切。

切肉得「逆紋」下刀。看準紋路，切斷纖維，口感才好。至於蘸料，悉聽尊便：蒜泥醬油，辣椒醬油，烏醋麻油，海鹽橄欖油，胡麻醬，花椒油，只要肉好，蘸什麼都好吃。

小排四帖

——糖醋排骨與高昇排骨、蠔乾燒排骨、豆豉排骨、杏汁蓮子排骨湯

糖醋排骨、高昇排骨

小朋友都愛糖醋。上飯館凡有糖醋里肌、糖醋排骨就開心，別的菜都可以不要了。餐館的糖醋肉，大抵就是洋人喜歡的「咕咾肉」，裹麵炸，淋上番茄醬芡汁，佐洋蔥片、青紅椒，經常還有鳳梨丁。

後來長大一點，吃到老輩江浙菜的糖醋排骨，只用糖、醋、醬油調味，和番茄醬不可同日而語。自從找到免油炸的簡便食譜，便常常在家做了。

小排一斤退冰，滾水煮五分鐘，飛水撈去浮渣，放進鑄鐵鍋或炒鍋，注水蓋過肉三分之二，闔蓋煮滾三分鐘，撈出小排，肉湯別丟，備用。

同鍋熱油少許，下小排，翻炒均勻至微焦，逼出一些豬油，大概需要三到五分鐘。這一步，相當於傳統的油炸，得盡量平均炒到肉塊，口感才對。

接著淋醋：有人用烏醋，有人用白醋，我是混著用：白醋軟肉效果較好，下六十毫升。烏醋香氣提味，下三十毫升。翻一翻，攪拌均勻，闔蓋小火燜煮三分鐘左右，收乾為止。

開蓋，加糖兩至三大匙（最好用冰糖，二砂也湊合。冰糖比砂糖甜，份量要減一點），醬油一匙，鹽巴少少，再倒進燙煮小排的肉湯（慢慢倒，沉澱的渣沫自然留在鍋底），攪拌均勻。嚐一口湯汁，斟酌調整味道。

大火煮滾，加蓋轉小火燜煮三到五分鐘，再轉大火，開蓋收汁至稠即成。最後階段務必盯好，勿使焦鍋。盛出，撒上焙煎白芝麻，好吃又好看。

這個做法，先用醋把肉燜軟，再加其他佐料，省去油炸步驟，方便家常料理。建議小排改刀切小塊，更易入味。

糖醋排骨的變化型是高昇排骨，差別在後者加了酒。如此吉祥的菜名，是因為調料比例：一斤小排，黃酒一匙、烏醋兩匙、糖三匙、醬油四匙、水五匙（一大匙十五毫升），一二三四五，步步高昇。小排燙過入鍋，和爆過的蔥薑蒜一齊炒炒添香，調料通通倒進去，煮沸轉小火燉半小時，再開蓋收汁即可。若要小排軟透，亦可先關火燜半小時再收汁（糖醋排骨亦可同法對付）。家家醬料酸鹹不同，比例自己調整。水無妨多下一些，收汁階段煮久一些。

亦可發揮創意，糖換成蜂蜜，烏醋換成巴薩米克醋，黃酒換成日本酒，也好吃。小排換成長條的肋排，請客效果更佳。

盤子墊上燙過的青江菜或花椰菜，排骨撒上芝麻再放幾葉芫荽，就很有好館子的氣場了。盛碗白飯，澆一匙混著豬油的糖醋醬汁，一口肉、一口飯，保證心裡那個小朋友非常滿意。

蠔乾燒排骨

做過魷魚紅燒肉、魷魚蘿蔔排骨湯，都是把曬乾再發的海味和豬肉一齊燉煮，鮮上加鮮。跟馬祖「協和食品行」訂了淡菜乾，依此原則做了蠔乾紅燒小排，很好吃。

淡菜乾顧名思義，淡菜（孔雀蛤，貽貝）曬成，體積縮至十分之一，不鹹，可以直接咬著吃。每一枚都有一截鬚鬚，是附著礁石的鬚足，料理前得逐一拔掉。先浸泡再清理，比較簡單。若有「蚵乾」，就不必一顆顆除鬚足，更簡單些。

淡菜乾泡冷水半小時，再除去鬚足，若喜歡軟一些，就用溫水泡久一點。泡過的水別丟，等下有用。小排用酒、糖、白麻油、醬油醃十分鐘。

厚一點的鍋，下油少許，先煎薑片，再下小排，煎到外層焦香。這一步取代餐館過油，肥肉部份盡量煎透。

下淡菜乾、蔥段，再加適量醬油、糖、酒，拌炒一下，倒入泡淡菜乾的水，蓋過小排，湯滾轉小火，嚐一下，調一調味道，關蓋燜煮。

煮個十五二十分鐘，小排用筷子可以輕易戳穿，就是煮透了。開蓋轉大火收汁，若要留些湯汁澆飯拌麵，可不必收太乾。關火，撒上焙煎芝麻拌一下，即可上桌。

這道菜調味簡單，卻不是「理所當然」的味道。蠔乾鮮香，小排腴潤，美極。

豆豉排骨

豆豉排骨是經典港點，茶樓的小排往往骨多於肉，啃半天還是不滿足。自家做儘管選多肉的小排，一次吃個過癮。

只要有夠好的豆豉，選對小排肉，其他都不是問題。豆豉分乾溼，都可以蒸排骨。

蒸小排若要入味，最好改刀切小塊（港式茶樓排骨都切超小塊，是有道理的），前一天先用薑片、糖、酒、油、鹽醃起。豆豉一把切碎（若是乾豆豉，先泡一泡），和蒜碎一齊入鍋炒香，嚐一下看夠不夠鹹，可酌加一點醬油或蠔油。小排用太白粉（或番薯粉）抓醃一下，拌入豆豉和蒜碎，也可以放一點辣椒丁，靜置半小時。

接下來蒸排骨。電鍋外鍋兩杯水，內鍋不必加蓋，跳起來續燜十五分鐘，起鍋前下一把蔥絲，即可上桌。

蒸出來的肉湯可以拌麵，也可以當蒸魚醬汁（任何白肉魚都可以），二次利用，也好吃。

杏汁蓮子排骨湯

要說這湯，得先從豬肺說起。

豬肺這東西，鬆鬆泡泡，沒啥意思，據說清洗極其麻煩，平常是不吃的。去東門市場「黃媽媽米粉湯」吃黑白切，也都會交代「不要豬肺」。唯獨香港「陸羽茶室」名物「杏汁豬肺湯」是例外：南北杏和豬肺同燉，杏汁濃香，豬肺軟嫩，一喝成主顧。不想多年後，竟在台北「朧粵」喝到更勝一籌的「金銀白肺湯」：湯色奶白，不只豬肺，還有五花肉、奶油白菜和梅干菜，鮮腴濃郁不膩口。豬肺完全沒腥味，綿嫩不鬆泡，是不折不扣的「功夫菜」。

喝完念念不忘，當然在家是做不出來的，光想到洗豬肺得接水管反覆沖灌，就還是算了。妻突發奇想：要是改用小排，不知如何？

至於杏汁，講究的得去中藥行買南杏和北杏（比例十比一），浸泡四小時，加水打成漿，再隔布濾出杏汁。但家裡正好有香港朋友送的杏仁粉，沒摻糖的，入菜應該可以吧，就不麻煩了。凍庫還有半包新鮮蓮子，一起煮也挺合適。

小排燙過下鍋，水滾轉小火，煮三十分鐘。杏仁粉加水調開入鍋，盡量攪勻。蓮子不用退冰，直接下鍋，續煮二十分鐘——煮蓮子很容易冒泡噗鍋，鍋蓋務必留個空隙，時時顧好。記得加鹽調味，再下一把奶油白菜燙熟，就可以關火了。

小排代替豬肺的速簡版本，清新甘美。後來在家請客也照樣做過，大家都吃得歡喜，說是從沒嚐過的好味道。

雞湯三種

——紅糟雞湯、蔥雞湯、蒜頭雞湯

很多人家都有一鍋足以呼喚鄉愁的雞湯吧。我家的「鄉愁」，是媽媽的紅糟雞湯。

做法非常簡單，一鍋到底：乒乓球大小的紅糟用熱油炒開，雞腿肉下鍋拌一下，略略煎炒至變色，注水，煮至雞肉變軟，加鹽調味，再下一把粉絲，完成。

這鍋湯味道豐盈無比，紅豔豔的雞肉配上吸飽雞湯的粉絲，一碗下肚，心都暖了。媽媽總是臨到要做雞湯才去菜場買一點紅糟，裝在塑膠袋裡，一份剛好煮一鍋。我在家試圖復刻，買了一罐很厲害的馬祖紅糟，煮出來卻偏酸，原來紅糟這東西，各家也有各家的味道。

我家煮雞湯，向來只用剁大塊的雞腿肉。料理之前，內臟血塊清理乾淨，飛水撈掉骨渣浮沫。近年我們盡量撕了雞皮再煮，湯水清澈，不會浮一層油。雞皮另取平底鍋小火煎煉雞油，可以拌麵炒菜。煎得酥酥的雞皮撒上椒鹽，是邪惡的零嘴。

換季多雨時節，容易過敏感冒。身體若不爽快，就買付雞腿來煮湯。蔥雞湯參考詹姆士食譜，蒜頭雞湯則參考阿基師。前者速戰速決，後者慢工細活，都有療癒之效，謝謝兩位大廚。

蔥雞湯快火快煮，用去骨雞腿排，最方便。最好有夠深的平底鍋，或是鍋壁厚的湯鍋，一鍋到底。雞腿排底面劃幾刀，幫助快熟。雞皮抹鹽，皮朝下，壓一壓免得雞排回縮，煎至變色出油，再翻面續煎上色。差不多五六分熟，即可起鍋切段，放回原鍋。注水蓋過，淋一點料酒，大火煮至雞肉全熟。嚐一下味道，看要不要加鹽。

這碗湯的重點：蔥一定要多放。青蔥一大把洗淨切細丁，盛大碗。熱滾滾的雞湯淋下去，撒上白胡椒，即可開吃。料理全程十五分鐘，邊吹邊吃邊流汗，喝完湯，感冒彷彿好了一半。

蒜頭雞湯，需要更多時間，得耐心剝蒜，耐心煮湯。蒜至少半斤，多多益善。刀背壓了再剝，若是乾蒜，就很容易處理，這一步最花工夫。剝好，留三分之一打蒜泥，其他準備炒香煮湯。

雞腿肉退冰，飛水撈掉浮渣。炒鍋開中火，熱麻油一大匙，下胡椒粒一把和三分之二的蒜瓣，炒出香味，全部下鍋與雞肉同煮，滾沸關小火，煮四十分鐘。

雞湯表面若有雞油，連湯盛兩三大勺，加一大匙料酒（米酒、清酒、黃酒皆宜），便是蒜泥湯底，稍稍放涼。

之前留著三分之一的蒜頭，加進雞油高湯，用手持攪棒或果汁機或調理機打成蒜泥。

乾粉絲不必浸泡，直接下雞湯煮三分鐘，撈置碗中，剪兩刀，淋一大匙蒜泥，拌一拌。

湯裡加魚露一大匙：這是唯一的鹹味來源。阿基師的食譜中，這是神來之筆，會讓湯頭充滿蛤仔雞的鮮味。嚐一嚐，多加無妨。我用的是「民星頂級魚露」，鮮香不死鹹，和雞湯天作之合。

剩下蒜泥通通倒進湯鍋，蒜苗兩支切斜片入鍋，攪一攪，此時整鍋蒜香撲鼻，湯會變成濃稠奶白色——蒜苗加蒜頭，簡直是「大蒜親子鍋」。煮沸即可熄火，大功告成。取大碗撈些粉絲，澆上滿滿的雞湯，開吃。

一面煮一面懷疑：蒜這麼多，真的不會太超過嗎？蒜泥蒜苗都倒進去煮滾的時候，薰起一股強烈的蒜氣，眼睛都睜不開了。萬萬沒想到，儘管氣味十分衝擊，入口卻是無比清爽。選用好的雞腿，久煮不爛不散。清甜的蒜苗、明亮的蒜泥和濃郁的湯頭構成絕好對比，底色是一抹魚露的鮮和胡椒的香。喝完一大碗，自覺百毒不侵，諸病退散。

但還是要老實說：喝完八小時內，打嗝都是蒜味。強烈建議這鍋湯留待晚餐享用，以免誤薰無辜群眾。

川式椒麻雞

川式椒麻雞一點都不辣。那個椒是花椒，不是辣椒。是麻，不是辣。

川式椒麻雞和坊間常見的泰式椒麻雞不一樣。後者是雞腿排裹麵油炸切片，淋上混合紅辣椒和辛香料的甜酸醬。川式做法不用辣椒，只用花椒、青蔥、菜籽油。雞腿肉用蒸的，免油炸，很適合在家料理。我做過好幾次招待朋友，都說好吃，沒吃過這樣的味道。

許多人包括我，對川菜的印象就是一個辣字，豈知正統川菜多半不辣，依基本材料和烹調方式分為許多味型，每種味型又有許多細緻變化，其道深矣。堪稱川菜靈魂的兩大基礎食材，是花椒和菜籽油。這兩個東西，得要終於親自去過成都，吃過了，才有實在的體會。這得謝謝莊祖宜，若無她牽成，我大概是入不了川菜的門，體會不了花椒和菜籽油之深奧的。

祖宜夫婿是外交官，有一段時間派駐四川成都美國總領事館，正好讓她深入川菜心臟，趁機深造。每次看祖宜臉書，家宴又有哪些好料款待客人，就暗想哪天若能蹭一頓飯，於願足矣。二〇一八年，這個願望居然實現，我去吃了一頓祖宜的家宴。問清楚了椒麻醬的做法，似乎不難，回到台北，便捲起袖子做椒麻雞了。

花椒古已有之，《詩經》就提過的。不像辣椒，明末才傳到中國。之前只知道滷牛腱煮紅燒豬蹄放一把花椒添香，卻不會咬來吃。後來學做正宗麻婆豆腐，乃知道最後一把花椒粉必不可少。從前超市花椒都乾乾黑黑，以為該當如此，現在台灣也買得到頗優的大紅袍、青藤椒，香氣逼人，麻勁衝腦。一時若用不完，密封凍在冰庫，香味揮發得慢一些，可以保鮮。

四川所謂清油，就是菜籽油。金黃色，透澄有奇香，和我們的菜籽油完全兩回事。如今台灣已有人引進優質四川菜籽油，上網就買得到，當時可沒這麼方便。成都朋友幫我張羅了一大瓶菜籽油託運帶回台北，夠我用一整年。再備齊郫縣豆瓣、漢源花椒，料理麻婆豆腐、椒麻雞、燒椒皮蛋，都能更上一層樓。

椒麻雞的關鍵食材，其實不是雞。並不需要特別講究的仿土雞，超市兩片一包的去骨雞腿排就很可以了。真正的關鍵是椒麻，也就是蔥油和花椒的淋醬。

雞腿肉正反面抹鹽，鹽不可省，蒸過才入味。取稍有深度的盤子，雞腿皮朝上，扔幾粒花椒，進電鍋，外鍋一杯半至兩杯水，蒸至全熟（講究的，滾水加鹽，入薑蔥花椒煮帶骨雞腿，但我覺得去骨清腿蒸蒸就很好了）。

備冰水一盆，雞肉蒸熟取出，過冰水使肉質收縮，取出拭乾。蒸雞湯水珍貴，留著做調料。

再做椒麻：蔥綠一把切細末（愈細愈好），與花椒碎齊置碗中。小鍋熱菜籽油，至筷尖接觸會冒泡泡的程度，唰啦淋到碗中，與蔥綠花椒一齊拌勻。找個大碗，滾油才不會溢出來。

舀一點蒸雞的湯水加進花椒蔥油，下點鹽，淋麻油少許，拌勻。雞腿肉切適口大小盛盤，淋上調醬，即可出菜。

做這道菜幾乎不可能失敗，只要記得蔥綠剁細，油要熱。沙拉油、橄欖油也一樣做，總不如菜籽油正確。

二〇二〇大疫之年，祖宜一家在美中關係急轉直下的時刻捲入風暴。中國關閉美國成都總領事館，祖宜獨自帶兩個孩子倉皇赴美，並承受鋪天蓋地的「網暴」攻擊，她自謂「一度心灰意冷，失去了對生活的熱情」。

幸好，廚房的勞動，讓祖宜能夠放空歸零，慢慢療癒，在亂世中撐住生活。對她來說，天已經塌過了。二〇二二年她出版《餐桌上的人間田野》，記敘的就是這段時間「煉石補天」的心得。

席捲時代的災厄讓許多事情變了味，難免有不堪回首之歎。但我每一聞到四川菜籽油那無可比擬的香氣，仍會想起那趟成都之旅。大夥酒足飯飽，一起彈唱崔健〈快讓我在這雪地上撒點兒野〉、李雙澤〈美麗島〉……，我和祖宜一樣，忘不了「那些遙遠的地方、見不到的人、想念的味道」。

川式椒麻雞，蔥綠剁細，油要熱，買好的花椒，一定好吃。

蝦三樣

——滑蛋蝦仁、廣式乾煎大蝦、鮮蝦粉絲煲

滑蛋蝦仁

蝦仁炒蛋看似單純，學問卻極深，可與蛋炒飯並列，作為評判餐館的標準。一碟正確的蝦仁炒蛋，蝦香蛋嫩，油潤豐美，比什麼鮑翅參肚都抵吃。

我的滑蛋蝦仁，參考香港鳳城酒家的食譜，不需勾芡，不加高湯粉漿。關鍵是熱鍋關火下蛋汁再重新開火，一層層地炒，反覆幾次，就能炒得香滑腴嫩。還有一個祕訣是用豬油，香死。

最好用中華炒鍋，實在沒有，平底鍋也湊合。

蝦仁炒蛋的靈魂，當然是蝦。有善廚者堅持蝦仁一定要整蝦現剝，蝦殼還可熬高湯、煉蝦油。能那樣當然最好，但我買主婦聯盟海水白蝦仁、

美福食集胭脂蝦仁、新合發誠實蝦蝦仁，也都覺得不錯。

蝦仁兩百克左右，去泥腸洗淨，拭乾，下鹽巴、白胡椒、糖、少許黃酒，抓醃一下，放冰箱十五分鐘（冰過炒起來更脆口彈牙）。雞蛋四到五顆，下鹽一小匙，打散備用。

我做蝦仁炒蛋，必先炒熟蝦仁盛起，入蛋汁，再重新下鍋炒到一起。冷鍋冷油一大匙再開火，蝦仁下鍋炒熟起鍋，拌進蛋汁，放一把毛豆或豌豆（我家凍庫常備一包冷凍毛豆，炒飯煮麵都可以加一把）。

洗鍋（炒蛋才不會黏鍋），下油兩大匙，開大火，起煙即關火，立刻倒進蝦仁蛋汁。蛋汁周緣會起泡膨起，切切不可翻炒，鍋鏟伸進蛋汁底部，將已熟的蛋汁托起，未熟的蛋汁斜斜流到下面。若蛋汁不再起泡，重新開火，如此重複幾次，直到蛋汁炒熟，即可盛盤。怎麼樣算熟了？看蛋汁表面顫顫的，半生不熟的樣子，就可以關火。餘溫燜一燜，就是完美的滑蛋。

多做幾次比較有信心之後，亦可全程不關火，單手端鍋離火讓鍋底降溫，反覆幾次，效果是一樣的。

好米煮鍋好飯，以後不必想念店裡的蝦仁炒蛋啦。

試試用豬油炒滑蛋蝦仁，香死。

廣式乾煎大蝦

粵菜館有「乾煎蝦碌」，蝦碌（haa luk）也者，大蝦切塊謂之。香港俚語「蝦碌」亦有「出糗、行衰運」的意思，一說是與 hard luck 諧音。廣東老菜的乾煎大蝦，和台灣慣行以番茄醬、辣椒醬為基礎的版本不同，用極熱的鐵鍋把蝦烤熟，焦香四溢，非常好吃。

這道菜用大蝦，吃起來才過癮。若是大明蝦，切段下鍋更好料理。若是大草蝦，不妨整隻下鍋，就不必切成「蝦碌」了。既然需要高溫燒鍋，不要用不沾鍋，鐵鍋最好。

大蝦開背去腸泥（注意墨綠色是蝦膏，熟了變粉紅色，極鮮美，千萬別扔。底下黑色細細一條，才是腸泥），剪去眼鬚蝦腳。殼和頭都留著，米酒或黃酒醃一下。

薑汁、米酒、黃酒同等份量攪勻備用，青蔥一根切蔥花。

炒鍋不必下油，乾鍋大火燒到極熱（最好微冒青煙）再轉中火，大蝦拭乾，下鍋排整齊（爭取最大受熱面積）。不用心急，看蝦殼變色帶焦斑，再逐一翻面。

烤熟的蝦取出，洗鍋。下一點油，開中火，蝦放回去，倒入調好的薑汁酒水拌一拌。蝦推到鍋子一側，鍋底倒醬油二至三大匙，沸滾收至濃稠狀，再拌一拌。下蔥花、麻油少許，關火拌勻，即可盛盤。蝦殼焦香四溢，蝦肉彈牙鮮甜。

嗜辣亦可加辣椒蒜末。蝦子烤熟洗鍋之後，若放番茄丁和番茄醬辣椒醬做底的醬汁同煮，起鍋前下點酒釀，就是酒釀茄汁大蝦。不過我覺得這個調味相對單純的版本，最不辜負好蝦的鮮甜本味。

鮮蝦粉絲煲

「潑粉配潑粉」最讚的組合，莫過鮮蝦粉絲煲下飯。

冷凍蝦一包十來尾，不用拆，浸水退冰。剪去眼鬚蝦腳，開背去腸泥，洗淨瀝乾。趁蝦還在退冰，取粉絲兩把，浸溫開水十五分鐘至軟。

若有鑄鐵鍋最好，一鍋到底。熱鍋下油三大匙，煎炒蝦隻至兩面變色，取出備用。

用鍋裡的蝦油爆香蒜末薑片，續下魚露一大匙、醬油膏兩大匙（或用蠔油取代魚露和醬油膏），白胡椒粉適量。加水五百毫升（可用泡粉絲的水，若有高湯更佳），攪勻煮滾。嚐一嚐，做最後調味。

粉絲入鍋，炒好的蝦鋪到表面，淋一匙黃酒，闔蓋小火燜煮三分鐘。開蓋，撒一把蒜苗（蔥花、芹菜珠、香菜末亦可）。滴幾滴麻油提味，即可上桌。光是吸飽蝦汁的粉絲覆在飯上，就吃得很歡了。再加上鹹香的鮮蝦，吃完吮吮手指，打個飽嗝，人生美滿。

夏日吃瓜

——蒜蓉絲瓜、苦瓜鑲肉（附薑味肉餅）

蒜蓉絲瓜

之前做絲瓜，多半煮煨麵、麵線，或和蝦米、薑片炒開陽絲瓜。妻說小時候常吃媽媽做的蒜蓉蒸絲瓜，很想念，試著做了，真的好吃。

口徑小的澎湖絲瓜可以排出很多個絲瓜墩，蒸出來更脆甜。但若只有平常的圓筒絲瓜，也無妨的。

先做蒜油：熱油適量，蒜頭切末入鍋，小火炒出香氣，盛起，加鹽糖攪勻。

絲瓜削皮切段約兩指厚，排在大盤，均勻淋上蒜油，大火蒸五分鐘（冒

蒜蓉絲瓜用澎湖絲瓜，蒸出來更脆甜。

氣開始計時）。炒鍋、電鍋、蒸籠都可以。絲瓜可交疊堆放，但蒸過會變軟，小心塌在一起。

掀蓋，淋醬油少少（帶鮮味的柴魚醬油、魚露也都很好），撒蔥花燜一下，即可上桌。

做這道絲瓜，最麻煩的步驟大概是切蒜末和蔥花，只要注意別蒸過頭就行。清新爽口，非常適合熱天吃。

苦瓜鑲肉（附薑味肉餅）

苦瓜只要挖掉白色絨絨的瓜瓤，就沒那麼苦了。做個苦瓜鑲肉，好看好吃，亦能祛火。一斤絞肉蒸一整顆苦瓜還有剩，順便做薑味肉餅。

絞肉加鹽、麻油、蛋清、醬油、白胡椒，嫩薑切細丁，拌入齊醃。

白玉苦瓜切五公分大段，挖去瓜瓤，填進絞肉餡。肉餡蒸熟會膨脹，填平就行。置大盤蒸十到二十分鐘（視苦瓜大小而定），即可盛起。

蒸出來的湯水千萬別扔，另置小鍋，加醬油、太白粉水勾芡，便是淋醬。上桌前撒上細蔥，賣相更佳。絞肉也可換成魚漿，或混合了一齊蒸，蒸好亦可入湯，口感不同。

剩下的絞肉再加雙倍嫩薑丁拌勻，團成肉餅。下鍋之前，雙手交互摔一摔，大略成橢圓形。

平底鍋熱油下肉餅，壓一壓平（煎煎又會縮回來）。中小火上蓋燜煎，不要挪動，四到五分鐘翻面，開蓋續煎三到四分鐘，夾起來煎一下側邊，關火加蓋，靜置五分鐘再盛盤，可保鮮嫩多汁，配飯、夾三明治皆宜。

番茄炒蛋

番茄炒蛋，家家做法不同。蛋先炒或後下？加不加高湯牛奶？番茄切塊或切丁？蔥段先下或蔥花後放？放不放番茄醬？要不要勾芡？都沒有標準答案。

怎麼炒我都喜歡，連自助餐店那種勾芡加醬酸甜兮兮的我也愛。只要有番茄炒蛋下飯，沒有其他葷腥也無所謂。但若是自己做，就很可以講究一下了。

哪種番茄都可以。最常見的牛番茄，古早味的黑柿番茄皆宜。近年市面有桃太郎番茄，皮薄肉細，也很好吃。

究其根本，番茄炒蛋大致有「滑蛋派」和「鬆爽派」。不管哪一派，奧義是番茄湯汁和炒蛋必須好好融合，不能變成炒蛋拌番茄塊，關鍵在番茄處理方式：先炒番茄，不需另下番茄醬。中火熱鍋，番茄去皮切薄片或小塊（切小塊容易出汁，也可以部分切大塊，保留口感），加糖熬一熬，煮成湯糊狀，就是自製番茄醬了。

我喜歡滑蛋版：蛋打散，加鹽、黃酒少許（也有人會加高湯或牛奶，我不反對，但非必要），炒好的番茄倒進蛋汁。若有蔥段，可一齊拌進去。

下一步和滑蛋蝦仁（參見一九七頁）原理相同：洗鍋，猛火寬油，冒煙關火，下番茄蛋汁。鍋鏟伸到周緣膨熟的蛋汁底部托起，讓未熟蛋汁流下來，若蛋汁不再起泡，重新開火。重複這個動作，直到蛋汁炒熟（此法熟練之後，亦可不關火，看狀況抬起炒鍋降溫）。若有蔥花，盛盤再撒。

要是沒信心，也可以先炒滑蛋，半熟盛出，再炒番茄，最後拌入滑蛋。這樣蛋和番茄不會融合得那麼徹底，但也好吃。或是番茄蛋汁全程中小火慢炒，炒成細碎質地，同樣成立。

若想吃鬆爽大塊的炒蛋，仍是先炒番茄，連湯汁盛起備用。洗鍋，熱油炒蛋，再加回番茄和湯汁。只要番茄炒得夠味，蛋不要炒過頭，怎麼做都好吃。

煎牛排（同場加映奶油炒蘑菇）

少年時候，爸爸有一個很大的單柄鑄鐵平底鍋，極沉，單手拿不太動，專用來煎牛排。那年頭沒有什麼好市多、美福食集，美國牛排肉並不好買。正好舅舅是廚師，認識肉品進口商，於是爸爸每隔一陣就會買一整塊原料肉，請他們分切包真空，排排放凍庫。軍容壯盛，物阜民豐。

牛排先連袋浸水退冰，再扛出那口平底鍋，大火煎大肉。廚房開了轟轟然的抽油煙機仍是煙霧瀰漫。壯年的爸爸和青春期的我胃口都很好，一人一大塊沙朗牛排，三兩下就幹掉了。直到大學時代，爸爸仍會和那位肉商進貨。我熬夜到凌晨，肚子咕嚕叫，偶爾會自己摸進廚房煎一大塊牛排當宵夜吃，真是作孽啊。

現在好肉易得，我和妻偶爾也會買一整塊原料肉，分切放凍庫。每次兩人分食一片，配些蔬菜，倒杯葡萄酒，這樣剛剛好。

煎牛排，一百個廚子就有兩百種鋩角，底下是我的煎法。

首先要有一只耐大火的平底鐵鍋（我也用過能煎出格子紋的鑄鐵煎鍋，也好吃，但洗鍋比較費事），盡量別用不沾鍋（塗層往往不耐高溫久煎）。

牛排退冰至室溫，拭乾，兩面抹鹽略醃（有人主張順便抹黑胡椒同醃，我覺得不必。抹了鹽還會出水，下鍋前記得再擦乾一次）。盡量用好鹽，才不辜負好肉——當然要買好肉，不然何必吃牛排？

無論沙朗、肋眼、紐約客，邊角若有整條大塊的牛脂，我會先稍微修一下，用取下的肥油潤鍋：肥油切小塊，中火煎出油，抹勻鍋底就行，牛排煎煎還會再出油。餘下的肥油別扔，凍起來，煎炒都好用。

接下來全程大火（記得開抽油煙機、開窗通風）：以四公分厚的牛排為例，一面大致先煎九十秒，翻面再煎九十秒，至表面焦脆。接下來我會斜抬鍋緣讓油集中，以煎炸方式讓每個側邊都能創造梅納反應。再直接夾起牛排，很快煎一煎側邊。你也可以下一塊奶油，鍋子放斜，取湯匙反覆淋澆在肉上。但我嫌麻煩，這一步也省了。

煎牛排難免噴油。萬一鍋子起火，不要慌張，先關火再關掉抽油煙機暫停空氣流動，很快就熄了（油鍋起火絕不可灑水，會炸）。

下一步最最重要：靜置，讓溫度透入中心，切開才不會血水橫流。有人建議先煎後烤，我也試過，後來發現稍微多煎一下就不必進烤箱，簡單很多。取大盤墊鋁箔紙，放上牛排包起，靜置十分鐘，盤子最好先熱過（我用微波爐熱空盤，最快）。靜置這招不只牛排，煎豬排、肉餅、鴨胸、煮白切肉也都通用。

趁牛排靜置，正好料理配菜：炒個蘆筍、燙個花椰菜、煎個櫛瓜什麼的。時間到，開火熱鍋，牛排回煎一下，兩面各十秒鐘，表面煎脆就行。

這樣料理的牛排，只要確實靜置，切開會是帶紅的三分熟，但中心是溫熱的，血水也不會流得到處都是。

煎牛排之前，記得預留時間烤一兩顆大蒜：烤箱預熱兩百度，整頭大蒜不剝開，頂端三分之一橫切，露出蒜仁。淋橄欖油，鋁箔紙包起烤二十分鐘，再打開回烤十分鐘，蒜肉能輕易戳透即成（若是沒空，直接烤四十分鐘也行）。

好肉必須利刀切。若是多人分食，亦可先斜刀切片，擺在溫好的盤子。趁熱快吃少講話，細嚼慢嚥，才對得起一塊好牛排。

同場加映：奶油炒蘑菇

每次請客炒蘑菇，不管炒多少，總是一下吃光光。配麵包，下酒，或當肉類配菜都很好，蛋奶素的朋友也可以享用。萬一吃不完（不大可能），冰起來，隔頓微波一下就行，改用其他菇類，也很好吃。

我細心研究了名廚 Julia Child 的 Champignons sautés au beurre（法文「奶油炒蘑菇」）食譜。原始食譜只需要蘑菇、奶油、鹽、胡椒，可酌加橄欖油，亦可酌加青蔥、紅蔥，但非必要。

蘑菇（洋菇）要不要洗？這是個大問題。超市買的蘑菇通常不帶什麼泥沙，刷乾淨就好，但我還是會把菇蒂末端變色部分切掉。若不稍微沖一下不放心，切記一定要拭乾或甩乾，盡快下鍋料理，不可久置。

蘑菇切塊備用（小朵免切，中朵切半，大朵四分）。平底鍋下奶油一塊、橄欖油少許（加橄欖油是因為純奶油易焦，我常省掉，好像也沒差），大致是鋪滿鍋底的量。大火加熱到油沸，鍋一定要夠熱。看奶油起泡，泡沫朝四周散開，就可以下蘑菇了。

輕輕翻炒蘑菇，它們會先吸收油分，鍋底變得乾乾的。維持大火繼續炒，又會炒出湯水。不要停，炒乾湯水，此時蘑菇表面會釋出之前吸收的油質，變得油亮油亮。炒到蘑菇變色，表面焦黃，即可加鹽起鍋。若用有鹽奶油，鹽量可減。

全程至少得炒五六分鐘，也可能更長，要有耐心。第一次做往往怕炒過頭，不要擔心，這道菜就怕炒得不夠久。大火一直一直一直炒下去，當你覺得「會不會實在炒太久？」的時候，就差不多剛剛好。

也要注意：蘑菇不可擠在鍋裡堆成小山，鍋內瞬間降溫，出水太多，就炒不好了。若要炒大量蘑菇，要嘛改用更大的平底鍋，不然寧願分批炒。

單純的奶油和鹽，已經非常好吃，不需要其他佐料（原食譜有胡椒，我覺得不用加）。當然，你若要加洋蔥、青蔥、紅蔥、洋香菜、咖哩粉、紅椒粉……，也都可以。奶油炒蘑菇也是Julia Child馳名大菜「紅酒燉牛肉」的一部分，我也照樣做過，那又是另外一題了。

牛三碗

——和風牛排丼、洋蔥牛小排丼、清燉牛腱湯

和風牛排丼

如今量販店、大賣場，也都買得到價錢實惠的高級和牛。油花繁密，整片牛排煎吃若怕太膩，不如學日本人做成丼飯。

眾所皆知，日本人吃牛肉，是明治維新之後的事。為了讓使慣筷子的國民方便吃牛排，鐵板燒師傅會切成適口大小，方便挾來配飯。蘸料除了講究的好鹽，也有洋蔥大蒜醬油作底的醬汁。市面上和牛有切好骰子狀真空包裝的，相對便宜些，做牛排丼正好。當然，買整塊牛排自己切粗丁也沒問題。

和風牛排的關鍵是醬汁。若圖方便，買市面上現成和風醬也不是不行。但我參考廚人MASA做法，自己調了醬，美味不可同日而語：洋蔥、蘋果、蒜頭、清酒、味醂、日式淡醬油，果汁機打勻，小鍋煮滾，小火慢熬收汁，中途加一塊奶油。收汁階段必須不斷攪拌，免得焦鍋。一小鍋得煮上幾十分鐘，於是索性多做一些，放涼裝罐，以後還可以用。

配菜不妨炒些菇類，參考名廚Julia Child的炒法（參見二二二頁）：橄欖油奶油各半，大火炒熟，盛出備用。鍋裡加橄欖油，斜斜集中到底部，下蒜片，微火炸熟，瀝乾——從前炸蒜片老是失敗，後來才知道必須冷油微火起炸，和炒菜冷鍋下薑蒜同理。

熱鍋，骰子牛排兩面煎至焦香（不必六面都煎），下炒菇，倒入適量醬汁，下一小塊奶油，略翻炒，沾裹均勻即可盛到飯上。若要漂亮，再撒焙煎芝麻、蔥花，放上蒜片即成。

妻說這一碗很可以拿出去賣，想想實在不划算，還是自己吃吧。

和風牛排丼，肉儘管多放，飯都看不見了。

洋蔥牛小排丼

煎牛排得講究火候熟度，但牛小排例外，都是吃全熟。超市大賣場有整盒切片的牛小排，帶骨適合煎吃，無骨可以入菜。我做過洋蔥炒牛小排，配飯吃，和牛排丼有異曲同工之妙。

先調醬（若有牛排丼的醬汁，也可以直接用）：醬油、水、蜂蜜、檸檬汁以三：二：一：一比例調勻，備用。若無檸檬、蜂蜜，可以用味醂和醋代替。比例僅供參考，邊調邊嚐，自己喜歡就好。

洋蔥一顆，去皮切絲。無骨牛小排切適口大小。熱油鍋，先炒牛肉至六七分熟，盛起。鍋不用洗，下洋蔥，用剛才炒出來的牛油炒軟。

牛小排加回鍋裡，淋上醬汁，繼續拌炒至熟，略收汁，撒點黑胡椒即可起鍋。洋蔥的甜味讓醬汁收稠之後味道更豐厚，加上牛脂的潤肥，美極。放在熱騰騰的白飯上，就是超高級的牛丼了。

清燉牛腱湯

忠孝SOGO對面巷子從前有間愛店「芳庭彼得」，料理清雋，食材精緻，親切輕鬆，可惜歇業久矣。掌櫃Julie從不藏私，我從她那兒學會幾道菜，最常做的，除了櫛瓜義大利麵（參見二二九頁），就是這一味清燉牛腱湯。

這湯我在「芳庭彼得」喝過許多次。湯色清澈，湯味濃鮮，滿是蔬菜的甜味。切片的牛腱軟嫩入味，富含膠質，絕不塞牙。一碗下肚，身心安頓。問了做法，竟是出奇簡單。

做這道湯，需要給它幾個鐘頭。但是別怕，只要料扔進去，電鍋按下去就好了。最好是晚上睡前做，電鍋跳起放著燜一夜，起床就能舀來吃了。

牛腱心兩三條，不切，整塊放進電鍋內鍋。洋蔥　顆隨便切切，胡蘿蔔一兩根削皮切塊，西洋芹一條，乾燥月桂葉兩片，也通通扔進內鍋，加水淹過材料。

外鍋兩杯水，內鍋加蓋，外鍋當然也要蓋，電鍋按下去，就可以上床睡覺了。

電鍋開關跳起，千萬別開蓋，讓它繼續燜，也可以事先切到「保溫」模式。若是白天做，跳起至少燜三四個鐘頭，牛肉自然熟爛入味。

「芳庭彼得」牛腱湯端上桌前會下一把甜羅勒，畫龍點睛。若甜羅勒不好買，也可以放幾葉九層塔或芫荽添香。Julie說：他們要講究賣相，湯底燉過的蔬菜都會撈掉，只留牛肉。若在家做，不必浪費，通通可以吃。

只要把握原則，燉湯蔬菜盡可自由發揮，大部分根莖類都可以入鍋。我試過放番茄、高麗菜同煮，也好吃。同樣軟嫩富含膠質的牛頰肉，也很適合這麼燉。

當然，若想吃得更豐滿些，改用牛肋條也不是不行。但我覺得此湯勝在清雋，若熬出一層牛油，就不是那個意思了。肋條，還是留給紅燒和咖哩吧。

腱子煮好，撈出放涼冷藏，膠質凝固才好切。我喜歡切成透光的薄片，鋪在碗底，再倒熱湯入碗。妻則喜歡切成手指寬的厚片，更有嚼勁，那就不必放涼了。

腱子煮過會縮，盡可多放，煮一條和煮三條的工夫完全是一樣的，何不多做一些？

嫩煎鴨胸（同場加映鴨肉大蔥蕎麥麵）

鴨肉，從小最熟的還是燒臘店的燒鴨，骨頭多，調味重，常常啃半天也沒吃到多少肉。到長大一些，才敢慷慨點一碟鴨腿飯犒賞自己。片皮捲餅的掛爐烤鴨當然好吃，但那是儀式性的大餐，久久才能吃一回。更親民的當歸鴨、鴨肉飯，我都喜歡，但很少吃。

研究了一下，原來吃鴨講究品種，番鴨、土番鴨、北京鴨各有合適的料理方式。薑母鴨通常是番鴨，掛爐烤鴨幾乎都是北京鴨，鴨蛋則由專門養來生蛋的褐色菜鴨負責。

近年宜蘭「櫻桃鴨」大受歡迎，便是改良過的北京鴨，不難買到分切包好的冷凍鴨肉。「有心肉鋪子」的櫻桃鴨「冬鴨」鴨胸肉一大塊賣兩百三，在家煎了兩人分食，開心又實惠。

煎鴨胸和煎牛排、雞腿排、帶骨豬排一樣，最好用平底鐵鍋，別用不沾鍋。鴨胸退冰至室溫，擦乾，取利刀，鴨皮輕輕劃平行紋，讓鴨油容易融出。下手別太重，切到肉就可惜了。兩面抹鹽，按摩一下，略使入味。

大火乾鍋燒至高溫，不需放油，鴨皮朝下入鍋，轉最小火。接下來這步最關鍵：取重物壓在肉上，盡量把鴨胸壓扁。我用鑄鐵鍋的蓋子，可以順便擋一下噴出來的鴨油。

接下來讓它慢慢煎，兩百多克的鴨胸，至少得煎十分鐘（鴨肉不似雞肉易熟），會煎出很多很多油。時不時挪一下鍋，讓每個部位均勻受熱，避免煎焦。有人主張出油就轉大火，我是一路小火到底，似乎也沒什麼不好。若覺得油太多，可以倒出來再續煎。煎到一個段落，夾起來看看鴨皮是否酥脆金黃。若還不到位，再煎一兩分鐘。

接下來翻面，不必加壓，轉中火煎至上色，大概三到五分鐘。夾起鴨胸煎側邊，各約一分鐘。拿支叉子叉到肉芯，叉尖碰一下嘴唇，若還涼涼的，就繼續煎。

肉芯微溫，鴨胸起鍋，接下來這一步必不可省：肉放在溫過的盤子上，鋁箔紙包起，靜置至少五分鐘。再取叉子戳一下，不冒血水就可以了。

取利刀，切薄片，淋巴薩米克醋，即可上桌（平常料理，未必需要名牌陳醋，有那個味道就很好）。也可以看看冰箱有什麼果醬，加點柳橙汁熬一熬，擠點檸檬，就是蘸醬。

若一切順利，切開是五分熟的桃紅色。若一眼覺得太生，先別擔心，摸摸看：只要中間是溫熱的就沒問題，這和牛排是一樣的。

趁著鴨胸靜置，可用原鍋剩油煎炒配菜：櫛瓜、蘆筍、茭白、竹筍、青花筍皆宜。瀝出的鴨油也別扔，炒飯、炒菜、煎蛋均妙極。我用鴨油做過蝦仁蛋炒飯，噴香銷魂。

鴨肉若煎得好，就是五分熟的桃紅色。

同場加映：鴨肉大蔥蕎麥麵

原本以為煎鴨胸切片放在日式蕎麥湯麵上，再放幾段煎過的日本長蔥，就是「鴨南蛮そば（soba）」了。豈知正宗做法麻煩得多：鴨胸煎過，整塊浸在日式濃高湯一天一夜入味，取出，撇掉浸汁表面的鴨油，再加一倍高湯稀釋煮滾，作為麵湯。鴨胸切薄片略煎放在麵上，再放煎過的長蔥，鴨湯配鴨肉，如此才是正道。

在家吃，就偷懶一點，煎鴨胸照上面的做法，不用浸高湯。日式高湯有很多種材料講究的粉包，我家常備「茅乃舍」高湯包，兩包剛好煮兩大碗高湯，酌加淡醬油調味。蕎麥麵煮熟，日本長蔥切斜段煎上色（若沒有，切些蔥花也行啦，不要告訴日本人就好），鴨胸切片放在麵上，淋一點鴨油替麵湯添香，撒七味粉（沒有就用白胡椒，也不要告訴日本人），如此也很好吃（雖然不正宗）。

櫛瓜義大利麵

櫛瓜（夏南瓜）這東西，在歐洲賤如小黃瓜。台灣剛開始引進那幾年，一條隨便就要一兩百。近來本地櫛瓜愈種愈好，價錢廉宜許多，行情愈來愈接近小黃瓜了。

此物單吃，最簡單美味的做法就是切成手指厚的圓片，橄欖油煎了撒點海鹽，配牛排極好。豎切長段淋上橄欖油烤一下，也很好吃。

櫛瓜分黃綠，綠櫛瓜脆甜，黃櫛瓜帶苦易軟，我都盡量買綠的。有人直接把櫛瓜削成長長細條代替麵條，是很受歡迎的養生做法（甚至有專門把櫛瓜削成麵的工具）。這個食譜是櫛瓜和義大利麵同炒，材料清簡，味道極美。

初嚐櫛瓜義大利麵，是在已經沒有了的愛店「芳庭彼得」，一吃鍾情。

回家試做，卻不是那麼回事。請教了掌櫃Julie，方知要白酒提味，這就對了。

櫛瓜切絲（切不可用銼板）：先斜刀切片，再縱切成條。一條二十公分的瓜，差不多配兩人份義大利麵，瓜多些亦無妨。

大鍋深水加鹽煮義大利麵，直麵（spaghetti）、細扁麵（linguini）皆宜，計時，依包裝指示減一分鐘。

平底鍋冷油入蒜片再開火，先炒一下再下櫛瓜，淋一圈白葡萄酒。講究的會選不甜的Chardonnay或Sauvignon Blanc，我是覺得哪種便宜就用哪種，實在沒有葡萄酒，清酒或米酒也行。

櫛瓜熟得快，不用炒太久，記得撒點鹽。義大利麵時間到，下鍋拌一拌，鍋中餘熱會讓麵達到恰好的熟度。帶一點煮麵水不要緊，拌一拌湯汁會漸漸乳化，這樣就對了。

起鍋盛盤，慷慨地撒很多很多帕馬森起司。若有松子，乾鍋炒香撒在麵上，有畫龍點睛之效。

罐裝起司粉，超市量販店很容易買。但若不怕麻煩，整塊現磨，美味

櫛瓜義大利麵，櫛瓜儘管多放，撒上松子和起司粉，入口便很豐腴。

不可同日而語。惟起司放冰箱一段時間仍會發霉，我乾脆分切放冷凍庫，每次取一塊出來磨，更可保鮮。

櫛瓜義大利麵也有人會加培根、雞肉什麼的同炒。但我覺得這盤麵不需葷腥，就夠豐潤了。

紐奧良秋葵濃湯（Gumbo）

二〇二〇年規劃了紐奧良暨密西西比藍調尋根之旅，打算一路玩到德州奧斯汀。臨出發，大疫席捲全球，行程取消，那「深邃的南方」（Deep South）至今無緣。

所以，我也從沒吃過正宗的Gumbo，不知正確滋味。生平第一次按食譜試做，醇厚濃郁，卻也十分爽口，想是湯底有大量蔬菜的緣故。口味層次豐富，香辛料後勁十足，非常好吃。但能否通過美國南方媽媽的檢驗，可就不知道了——南方人每家有每家的Gumbo食譜，都覺得自家的最好吃，簡直跟日本主婦咖哩沒兩樣。

做Gumbo一定從炒麵糊（roux）開始：一杯麵粉、一杯油（我用妻熬的牛骨蔬菜高湯撇出來的油，加上豬油、奶油、橄欖油），平底鍋中小火慢慢拌炒，炒到麵糊呈深咖啡色不再冒泡就差不多了，大概需要二十分鐘。

Gumbo 湯底「黃金三元素」是洋蔥、西芹、青椒。我用兩根西芹、兩顆洋蔥、一大顆青椒，切大塊再一齊用調理機打成細末，另備切塊番茄兩顆。

正宗紐奧良 Gumbo 要用美國版的 andouille 香腸，我查了一下，用同樣帶煙燻味的西班牙辣腸 chorizo 也很適合。切段略煎上色，備用。

大蝦去頭去殼，蝦身只留尾巴。蝦頭蝦殼炒香，另取牛骨高湯一千毫升煮沸，下炒過的蝦頭和蝦殼，轉小火熬一熬。這一步，用雞高湯或豬高湯也可以，但牛骨味道最正。蝦仁用現成的也可以，但若有全蝦，熬個蝦味牛骨高湯，鮮上加鮮，誰曰不宜？

帶尾蝦仁用炒蝦殼的鍋煎一煎，取出備用。

大鑄鐵鍋倒進炒好的麵糊、蔬菜末、番茄塊、chorizo 辣腸，注入剛煮好的高湯，一面倒，一面拿濾杓濾掉蝦頭蝦殼。攪拌均勻，下蒜頭兩粒、月桂葉兩三片、肯瓊（Cajun）調味粉、黑胡椒、百里香、番茄糊、辣椒粉、匈牙利紅椒粉——各種調味料都不必多，等下嚐味道再調整。這裡的重點是肯瓊調味粉，此物已不難買，我用「香辛深淵」產品，很香。

湯滾轉小火，時不時攪攪，防黏鍋。得燉半小時左右，才能充分融合入味。若有蟹管肉，不妨在最後十分鐘下鍋。

嚐一下湯底，加鹽調味。秋葵一包洗淨切段，和煎好的帶尾蝦仁一齊下鍋拌勻，關火燜十分鐘。

盛些白飯，澆上Gumbo，撒切碎的芹菜葉，上桌開吃。

第一次做，是沒有體驗過的味道。蝦湯的鮮、牛骨湯的醇香、肉腸的煙燻味、蔬菜的甜，都和辛香料融為一體。秋葵讓原已鮮濃的湯汁更稠，入口卻仍爽脆。

這道菜很花時間，但並不難，最麻煩的步驟是炒麵糊——只要耐心慢炒，別炒焦，燉煮記得時不時拌攪一下，就不太可能失敗。煮一大鍋，適合闔家分食，隔頓一樣美味，不愧是紐奧良版的主婦咖哩呀。

紐奧良秋葵濃湯（Gumbo）大概等於美國南方媽媽的主婦咖哩。

蛋沙拉、鷹嘴豆泥

蛋沙拉

我愛蛋沙拉。簡餐店前菜附的一球蛋沙拉，往往比主菜還令我期待。小時候媽媽若在「世運」買了馬鈴薯蛋沙拉麵包回來，就是中大獎了。橄欖形麵包兜著滿滿的餡料，一顆下肚，飯都不必吃了。

便利商店的蛋沙拉三明治，我每種都買過。吃著不免惆悵，乃決定回家自己做，愛夾多少就夾多少。

蛋沙拉食譜，有複雜版和簡易版，複雜版從混合蛋黃油醋打美乃滋做起。請容我在此聲明：我是會自己打美乃滋的，但是蛋沙拉，我都走簡易路線，實在是太方便了。

首先，買一條日本美乃滋（最常見就是 Kewpie 牌），和台製、美製的味道天差地遠：台製偏甜，美製偏酸，做成蛋沙拉，都不如日本美乃滋。

完美蛋沙拉，就是白煮蛋壓碎和日本美乃滋攪在一起，完成。

先做白煮蛋：雞蛋下鍋，冷水煮起，水沸轉小火煮十二分鐘，至蛋黃熟硬。煮好的雞蛋整顆浸冰水剝殼，或一面剝一面沖冷水，保證完整光滑。

蛋剝好置大碗（碗一定要夠大），用叉子背面壓碎（叉子壓比刀切好），慷慨擠上日本美乃滋，可以撒一點黑胡椒。若有第戎芥末，也可酌加少許提味，這樣就完成了。

做蛋沙拉三明治，最重要是一把鋒利的麵包刀。吐司噴點水烤脆，夾上滿滿的蛋沙拉，一口氣切開，露出斷面的餡料，才有專業的氣魄（不然實在太簡單了）。

當然還可以加碼，拌入馬鈴薯、酪梨、火腿、培根、蘋果……，如今你已經會做蛋沙拉了，人生還很長，以後有得是時間。

鷹嘴豆泥

鷹嘴豆，中藥行叫「雪蓮子」，是中東料理基礎材料，也是百搭食材。蒸熟瀝乾拌點鹽直接吃，已經很美味。做咖哩、拌沙拉、煮湯也都適合。

有些標榜養生的 fancy 餐廳會賣鷹嘴豆泥（hummus），並不便宜。自己做實惠得多，配烤餅、麵包，也可以單吃，十分管飽。

正統 hummus 首先要有中東芝麻醬（tahini）。台灣也有得買，一罐兩百多，比台灣土產芝麻醬清淡些。若能買到無調味、無添加的白芝麻醬，也不一定非用 tahini 不可。

做 hummus，你需要一部食物調理機和電鍋（或湯鍋）。

首先，鷹嘴豆一定要燉到軟爛，豆泥打出來才綿細濃滑。鷹嘴豆浸泡隔夜（六到八小時），注意泡水後會膨脹，水一定要放夠。泡好水倒掉，電鍋外鍋加水一杯半，內鍋加水加鹽少許，蒸好跳起燜十分鐘。亦可直接用湯鍋煮，水沸轉小火燉到鷹嘴豆軟爛即可。瀝乾，放涼。

檸檬一兩顆榨汁，浸入切碎的蒜瓣，靜置十分鐘，可讓蒜味變得溫潤。

芝麻醬攪勻，取相當於鷹嘴豆四分之一份量（標準食譜的芝麻醬份量還要多，我覺得這樣比較剛好，不致太搶味），連同檸檬汁和蒜瓣一齊放進食物調理機，加鹽一小匙，淋少許橄欖油。視芝麻醬濃稠程度，一面攪打，一面酌加冰水略略稀釋，慢慢打出均勻綿滑的醬泥。醬料若黏在碗壁，刮下續打。

鷹嘴豆倒進調理機，此時可加一小撮孜然——這是讓味道深沉豐厚的「隱味」。加鹽，再淋一點橄欖油，繼續攪打，直到豆泥綿滑細緻。中途可停機刮下巴在碗壁的豆泥，多打幾次。若質地太稠打不動，酌加冰水或橄欖油。嚐一嚐，看要不要再補鹽巴或檸檬汁。

盛碗，淋上橄欖油，撒一點匈牙利紅椒粉（paprika），就可以上桌了，保證是你吃過最美的 hummus。若要賣相漂亮，可以放幾粒完整鷹嘴豆裝飾，撒些核果碎，也可以拌入希臘優格。

吃不完的 hummus 封好冷藏可放一個星期，但還是趁新鮮趕快吃掉的好。

鷹嘴豆泥做好，可撒些紅椒粉，放幾顆鷹嘴豆裝飾。

桂花江米藕

以前料理蓮藕，圖方便買超市現成切好的真空包，比起鮮藕自然差一些。在「主婦聯盟」見到帶泥的藕，一節節連在一起，想著可以煮湯可以清炒，便買了回家。和妻討論怎麼料理，不約而同想到「桂花江米藕」（江米就是糯米）——這是她從小最愛吃的甜點。

在我心目中，江米藕是籠罩著「宴客菜」光環的點心，不像隨便在家就能做的。查了食譜，戰戰兢兢照著做，沒想到一次就成功，妻說是她這輩子吃過最棒的江米藕。

有了信心，再接再厲，逛「水流公」菜場見到更加粗長的鮮藕，買了一籃，做了很多，帶去聚會請朋友吃。寫《留味行》的瞿筱葳咬了一口竟然激動掉淚，說這就是她奶奶的味道，多少年沒有吃到了！她說：小時候奶奶一天到晚要她幫忙塞糯米做江米藕，當時只覺得煩不勝煩，也不怎麼希罕。我們都很驚訝：沒有聽說誰在家裡一天到晚做江米藕的。她說：奶奶愛吃嘛。

江米藕，材料很簡單：藕，糯米，糖，最好有個壓力鍋，還有一把牙籤。

首先挑藕：藕節愈胖愈長愈好，可以多塞糯米。若買到的藕不太胖也不太長，一樣做，就是塞糯米費點事。

其次買糯米：糯米分長圓，買圓的比較好塞，不至於都卡在藕節洞口。

再來是糖：冰糖、砂糖都可以，煮江米藕的糖水比是一比二，冰糖比砂糖甜，可以酌減。我用的是家樂福有機紅蔗糖，香味非常好。有人怕太甜，糖不敢多放，我覺得江米藕就得吃它一個甜，才是正道。

至於桂花，南門市場買得到桂花醬。我家冰箱正好有一小瓶基隆「全家福元宵」附的桂花蜜，就拿來用了，不用千山萬水專程去弄一罐。莊祖宜推薦買乾桂花，做好撒一把下去，整鍋自然變成桂花蜜，此法甚佳。

糯米洗淨浸水至少兩小時（也有主張浸隔夜的，我看是不必），瀝乾。鮮藕洗淨削皮，藕節切個蓋子。取小匙，塞糯米入藕孔：這一步最是關鍵，糯米並不好塞，可取一支筷子幫忙，塞一塞，敲一敲，跺實了，再繼續塞。有說塞到八九分滿就行了，我是塞得滿滿，糯米煮過爆出來也不要緊的。

若這一步沒做確實，切開來這裡一個孔、那裡一個洞，不免漏氣。塞糯米是一件很繁瑣，卻也很療癒的小小工程。

藕蓋的孔也補些糯米，和藕身合起來，插上牙籤固定。多戳幾支，免得煮到一半散開。

接下來煮藕。藕極耐煮，最好有壓力鍋。水以浸過蓮藕為度，糖抓水的一半份量。比方一千毫升的水，就下五百克的糖。大火至壓力閥全開轉小火，煮一小時。若是沒有壓力鍋，時間至少加倍，或至煮透為止。須勤翻動，避免焦鍋。

一九八三年「漢聲」出版煌煌經典《中國米食》，封底便是筷子挾起一片晶瑩剔透滴著糖水的江米藕。翻開食譜，他們主張塞好糯米先清水煮兩小時，再放冰糖續熬一小時，不時翻動，最後大火收汁。想是當年爐灶鍋具條件不同，這麼煮更保險。書裡還有一幀照片，是堆成小山煮完待切的藕段，看得到焦底——據說當時掌廚的奚淞一次煮太多，鍋底的藕一疏忽就黏底了。

若用壓力鍋，就不怕黏底了。一小時後開蓋，汁水已成濃稠糖漿，藕色自然轉紅——衣料、化妝品所謂「藕色」，便是熟藕的紅，很美。我看有食譜還加紅麴染色，實在多此一舉。若有乾桂花，此時撒入漿汁浸泡。

盛出來，放涼。有說要浸泡一夜使入味的，若用壓力鍋，這一步也可省。熱吃也好吃，放涼冰過較易切片。切半公分厚，口感最佳。

排盤淋上漿汁，甘香糯嫩，美極妙極。沏壺熱茶，煮杯咖啡，就是完美下午茶。

銷魂豆干、自製豆花

銷魂豆干

生平所吃滷豆干，以金華街「廖家牛肉麵」為天下第一。豆干在鍋裡熱著，現點現撈現切。一位阿姨專司切豆干，大菜刀嗖嗖切得飛薄，淋香油少少，蔥花一把，便可上桌。豆干滿是孔洞，滷汁極入味，刀工極厲害，一筷子能挾起好幾片。滴點辣油，其妙無比。

我們去廖家，總是點牛肉湯麵（不要肉）配「兩份」豆干，再切一盤牛腸牛肚或牛肚牛筋，如此最美。中原街也有一間廖家，系出同門，牛肉切盤部位更多，豆干也好吃，就是切工比較粗枝大葉。

那日和久沒歸國的莊祖宜聚餐，聊到廖家豆干，她十分心動，隔天專程跑去廖家，排了五十分鐘的隊，吃到了豆干，當晚就飛回美國了。隔沒幾天，她竟在家裡做出了那盤豆干，並且傾囊傳授解碼心法。我有樣學樣做了，美哉妙哉！後來幾次請客端出這盤豆干，眾皆大呼好吃。再說一次：祖宜惠我多矣。

原來那充滿孔洞的豆干，並不需要像老豆腐那樣曠日費時久煮。大火滾煮片刻，讓豆干膨脹，裡面就都是孔洞了。買上好的白豆干，滷汁儘管自由發揮，只需謹記滷汁鹹淡即成品鹹淡。豆干煮煮會出水，所以最好是滾煮的時候嚐味道，再做調整。

我用過紅燒滷汁，也做過白水滷汁，都好吃，若是滷過肉再煮豆干，味道更足。紅燒和白滷基本材料相似，只不過前者下醬油，後者靠鹽巴。白滷起湯底先炒香料鹽，味道更醇厚：基本得有花椒、八角、月桂葉，炒香注水，再看情形加滷包、料酒、冰糖。我每次放些不一樣的香料，都好吃。

豆干入滷水煮滾，上蓋煮二十分鐘，關火浸置放涼。吃之前再開火滾

看這豆干的孔洞！切飛薄，撒上大把蔥花，淋少少香油，銷魂哪。

一次，撈出，取利刀切薄片（一定要切得飛薄），淋上適量滷汁，蔥花一大把，滴幾滴香油，熱吃。

我們家配這碟薄切豆干的紅油，是我哥們兒金馬金鐘錄音師周震手做「路路爸的辣油」。此物近來成為藝文影劇圈口耳相傳的逸品，並不太辣，香氣衝腦，滴幾滴就能大大提昇整道菜的靈魂——你看，交對朋友，常常就有口福了。

自製豆花

要做出這輩子最好吃的豆花，你只需要豆漿、鹽鹵和一個電鍋。

豆漿必須夠濃夠純，絕不能有花裡胡哨的添加物。我買「禾乃川」無糖豆漿，做豆花正好。

鹽鹵不難買，台鹽出品一瓶一五〇毫升賣一百多塊，至少可做十幾鍋豆花。

做豆花一定是無糖豆漿，每一千毫升兑鹽鹵八到十毫升。豆漿一定要夠冰（攝氏十度以下），否則一下鹽鹵立刻產生化學變化，蒸不好。

要注意：這是禾乃川豆漿和台鹽鹽鹵的比例。各家豆漿濃度不同，不同品牌鹽鹵濃度也不同，要看情形調整。

電鍋內鍋先下鹽鹵，再高高倒進豆漿沖開，攪拌均勻，撇掉表層泡沫（不用太講究，撇掉大泡泡就好）。外鍋加水一杯半，看電鍋開始冒氣，計時二十分鐘就完成了。若覺得太稀，可以多燜一會兒。

剛蒸好的豆花，細潤濃滑，豆香撲鼻，撒點糖拌著吃，便已美極。涼吃也很讚，除了糖水，也可以搭配手工果醬。我試過配蜜金棗，也好吃。

熱豆花，中國有些地方叫豆腐腦，習慣加醬油高湯、香辣佐料鹹吃，有時淋上勾芡的蛋花。我們乍聽覺得奇怪，其實想想鹹豆漿就不奇怪了。既然做了豆花，也不妨試試鹹吃，別有一番風味。

唉，以後外面賣的豆花真的沒法吃了，怎麼辦？

豆腐三味

——麻婆豆腐、雪菜紅燒豆腐、和風肉豆腐（同場加映照燒日本長蔥）

麻婆豆腐

小時候我是完全不能吃辣的。蘸過紅燒牛肉麵湯的筷子再夾了清燉的麵到我碗裡，我就拒吃。凡是別人說「這個不會很辣」的菜，我一定不碰。多年來，所有標榜「麻辣」的食物我都敬而遠之，偶爾不得已陪吃麻辣鍋，只專攻白鍋那半邊。川湘菜雲南菜大多與我無緣，印度咖哩泰式咖哩都不行，只吃日式咖哩。吃餃子鍋貼絕不點酸辣湯——世界上美味的東西太多，不吃辣也不覺得錯過了什麼。

偏偏妻是嗜辣的。長年訓練下來，我也慢慢可以沾一點辣，能夠領略辣中滋味了。吃麻辣鍋不再專攻白鍋，泰國菜、印度菜，中辣以下的也不妨入口了。川菜湘菜則須多備白飯，吃完必大汗淋漓，赴餐前總要記得帶條大手帕。

最近這些年，我和妻的「吃辣指數」竟然「黃金交叉」，她愈來愈怕辣，我愈來愈能吃辣，偶爾會有妻大呼「好辣」而我說「會嗎？還好吧」這樣的狀況了。

二〇一八年去了趟成都，在莊祖宜府上作客，乃知道了麻婆豆腐的正味。回來在家做過許多次，每次都有點不一樣，這也是家常菜的常態吧。

要做正宗川味麻婆豆腐，關鍵是牛絞肉（而非豬肉），郫縣豆瓣（而非岡山豆瓣醬），蒜苗（而非蔥花），四川菜籽油（而非沙拉油）。嫩豆腐、板豆腐倒都不妨。頂頂重要的，是花椒。這些材料從前在台灣很難備齊，現在都買得到了。既然要做，就做正宗的吧。

花椒最好買真正的上等貨（可以搜尋「花椒達人蔡名雄」），大紅袍、青藤椒皆宜，碾碎（有臼最好，不然裝塑膠袋用擀麵棍或玻璃瓶碾一下也行），乾鍋小火，炒香備用。
豆腐切丁（約兩三公分見方），小鍋鹽水加點油，燙煮定型，先泡著。我實驗過用高湯先燙豆腐，之後再用此湯入鍋，多一層滋味，亦美。
蒜苗切斜片，蒜瓣切末備用。正宗麻婆豆腐不放薑，要放我也不反對。郫縣豆瓣是蠶豆做的，得先剁細。若怕砧板染色，可以墊鋁箔紙再切。此物比台灣岡山豆瓣鹹兩倍，用量不用太多。
肥三瘦七的牛絞肉，粗絞即可，量不用多，豆腐的三分之一甚至四分之一份量，足矣。
炒鍋下菜籽油，小火爆香蒜末，續下牛絞肉、郫縣豆瓣、一點辣油（為了提味，只需要一點點，也可以放辣椒粉），中火炒乾水分，至油亮泛紅，絞肉香酥。
豆腐下鍋，鍋緣淋黃酒與醬油少許，加糖一匙，注水（或高湯）蓋過豆腐，炒鏟來回推（用推的，豆腐才不會碎），均勻沾裹絞肉湯汁，煮一會兒，讓豆腐入味。

正宗麻婆豆腐：蒜苗、牛絞肉、花椒、菜籽油、板豆腐。

調芡汁，我都用番薯粉，當然太白粉也沒問題。勾芡至少分三次，全程大火，一次一勺，隔三十秒左右，豆腐出水再下一勺，讓芡汁均勻「巴」在豆腐上。

最後加一匙鍋邊醋，起鍋，撒上花椒粉和切斜片的蒜苗，臨吃再趁熱拌勻。

啊對了，務必多煮一些飯。上菜順序最好排在後面，不然，別的菜都吃不下了。

雪菜紅燒豆腐

江浙館子常有一道砂鍋紅燒豆腐，以店家招牌命名，各家有各家的配方。我最喜歡少年時代在「欣園」吃過無數次的「欣園豆腐」，雪菜肉末紅燒豆腐盛在小砂鍋，熱燙燙地極是下飯。後來「欣園」結束營業，那味道便無處可覓了。

我很想復刻記憶中「欣園豆腐」的味道，醃了雪菜，買了絞肉，一面做一面想味道對不對，時移事往，記憶中的滋味也漸漸模糊了。做出來仍然很不確定，但總之很好吃。

我用鑄鐵鍋做，一鍋到底，有蓋的深炒鍋也是可以的。

板豆腐切大塊備用（大塊才不易碎）。雪裡蕻浸水略洗去鹹味，擰乾，菜葉菜梗分別細切。（雪裡蕻醃製法，可以參考一三三頁。）

熱油爆香蔥薑蒜和蝦米，下絞肉炒開，待肉變色，加醬油、糖、黃酒、蠔油續炒（蠔油可先加水調開，雪裡蕻已有鹹味，醬油添味而已，切不可多，糖卻一定要放），鍋底若有黏住的蔥薑蒜，此時刮起同炒。下細切的雪菜梗、木耳絲，拌一拌。

豆腐入鍋，加高湯淹過豆腐四分之三，闔蓋燉煮至入味。開蓋下雪裡蕻菜葉，輕輕拌一拌（小心別弄破豆腐），轉大火。湯汁收稠，撒一點白胡椒，下一匙鍋邊醋，也可以勾一點薄芡。起鍋前，淋幾滴麻油。

記得同時煮鍋飯，光配這盤豆腐，就可以扒掉一大碗飯。姑且讓這新發明的味道，安慰舌尖的鄉愁吧。

和風肉豆腐

肉豆腐是日本家常菜。主婦買來超市打烊前貼了特價標籤的牛肉片，再帶一塊豆腐回家，就可以煮一頓。老公加班晚歸，重新熱來吃，豆腐還更入味呢。

若用A5黑毛和牛做肉豆腐，也不是不可以，卻恐怕會被瞧不起的。畢竟這道菜的主角是豆腐，不是肉。假如肉比豆腐還多，就「失格」了。怎麼說呢，就像豆干炒肉絲，主角是豆干而非肉絲，一樣的道理。

日本人煮肉豆腐，用的是「木綿豆腐」，差不多等於我們的「板豆腐」。再說一次：豆腐是這道菜的靈魂，肉隨便買沒關係，豆腐一定要好。我常用「大漢」板豆腐，一次一塊剛剛好。主婦聯盟的「名豐」板豆腐比「大漢」嫩得多，也不妨一用，小心伺候別弄碎就是了。

《我家就是深夜食堂》重信初江女士的食譜交代豆腐要先靜置半小時，釋出的水分倒掉再切，大概是不希望生豆腐湯水影響味道。我做肉豆腐倒沒這講究，結果也還可以。

肉豆腐的湯底是醬油、料酒和糖（也可以直接用味醂），高級版還會加柴魚高湯。除了肉片和豆腐，日本人喜歡再加蒟蒻絲和長蔥。日本長蔥現在台灣超市也買得到，比珠蔥、粉蔥粗得多，很甜。切斜段下鍋煮軟，配上豆腐和肉片，就有壽喜燒的意思了。

《深夜食堂》刀疤老闆的肉豆腐，其實很隨興：有的客人指定改用豬肉，有的客人堅持要蒟蒻絲加溫泉蛋，還有客人不要豆腐也不要肉，專吃煮軟的大蔥。漫畫裡豆腐切成長形大塊，一塊就是一人份，整個敷在白飯上，淋點湯汁和半熟蛋一齊攪拌著吃，確實很療癒。

我家之前煮肉豆腐，是根據比才《家・酒場》的食譜：牛肉和洋蔥絲同炒，加淡醬油、料酒、柴魚高湯，煮半小時關火，靜置一段時間使入味，撈出來撒蔥花和七味粉吃。這個版本湯水比《深夜食堂》多一些，口味醇厚細緻，可以單吃，不一定要配飯。

重信初江的版本則是速戰速決，盡量就地取材：牛肉片炒至變色，加酒、醬油、砂糖續炒，略收汁，加半杯水煮滾。下燙過的蒟蒻絲和豆腐塊，轉小火續煮七八分鐘，最後加蔥段，多煮一分鐘即可盛盤。肚子餓的時候，十五分鐘就能上菜。這樣的做法，豆腐來不及入味，得靠濃厚湯汁裡應外合，配飯或者下酒。

我看《深夜食堂》老闆用大塊豆腐料理，燉煮時間應該是介於比才版本和重信版本之間吧。若是不趕時間，煮好放一陣子，再重新煮滾一遍，味道最好。刀疤老闆用日本長蔥，重信女士改成珠蔥，想來也是要盡早上菜，省一點時間。其實日本長蔥和洋蔥的意思差不多，都會讓湯底更甜更有層次，稍微煮一下，費不了多少工夫的。

我參考重信女士的食譜做了她的肉豆腐，改用日本長蔥，沒放糖，放味醂，加日本淡醬油（我照日本食譜做菜，常覺得口味太甜）。蔥白先下，蔥綠最後下，關火燜兩分鐘。煮到一半，忍不住還是丟了一包日本「茅乃舍」柴魚高湯入鍋，湯汁味道豐潤些。一面燒水做溫泉蛋：水煮到八十度關火，冰箱裡的蛋整顆入鍋浸泡十來分鐘就行。

下次做肉豆腐，我會以比才版本為基礎，仍然先炒洋蔥，但也會下一些日本長蔥，這樣湯底就算不加糖或味醂，也夠甜了。若不急著吃，中午做起來，晚上再吃——入味的豆腐，比什麼都美。

同場加映：照燒日本長蔥

日本長蔥做完肉豆腐還有剩，不妨做這道小菜，可以下酒。

這道菜，畫龍點睛是柚子胡椒（ゆずこしょう）——這是九州的調味料，日語所謂「柚子（ゆず）」是芸香科的香橙（羅漢橙），跟漢語的

柚子不是一種植物。此外，柚子胡椒也沒有胡椒，而是青辣椒（唐辛子）——九州自古稱辣椒作「胡椒（こしょう）」。所以它其實是橙皮、青辣椒和鹽調成的醬料，風味濃烈，蘸醬、調料皆宜，一點點就很有味道。

大蔥洗淨，取蔥白部分（蔥綠另留，可切斜片做煎蛋炒蛋，或配烏龍麵），切成五公分大段。表面劃些斜紋，更易入味。

蠔油一大匙，溫水少許調開，加柚子胡椒一茶匙、柴魚醬油一大匙，攪拌均勻，備用。

平底鍋下油少許，熱鍋下蔥段，中火煎至兩面微焦，淋一大匙清酒或米酒，關蓋，轉小火燜煎至熟軟，大概三分鐘，注意勿煎焦。

掀蓋，淋柚子胡椒醬汁，略煮滾收汁，即可盛盤。撒些芝麻上桌，亦可涼吃。

柚子胡椒提味，加酒燜煎更能引出大蔥甜味。鹹甜辣香一齊入口，下日本酒最妙，配啤酒也很不錯。

蚵仔麵線、蚵仔煎

蚵仔麵線

老友鹿港直送鮮蚵，中午就做了蚵仔麵線。妻吃了歎道：「你這樣要阿×麵線怎麼混！」

我每次說蚵仔麵線做起來快又簡單，朋友都一臉懷疑，以為我在炫耀。真的，蚵仔麵線從開煮到開吃，絕不超過半小時，更沒什麼技術難度。請客端出這麼一大鍋，保證賓主盡歡。

蚵仔麵線重點：一、紅麵線，傳統市場、大賣場都有售，我用的是「主婦聯盟」出品。二、蚵仔，愈新鮮愈好，只要有好蚵仔就不會失敗。

先煮湯底：柴魚（不需講究，台製柴魚片即可）、冰糖（砂糖也可以）、蒜酥、油蔥、米酒，切記不可加鹽加醬油，紅麵線自帶鹹味。水不用太多，一公升差不多。我還放了兩包「茅乃舍」高湯包，沒有也沒關係。

水沸，下紅麵線一大把，稍微煮一下，麵很快就軟了。剪刀伸進鍋子剪一剪，等下比較好撈。

蚵仔洗淨，挑去碎殼瀝乾，放在大盤上，均勻滾一層番薯粉。

另煮一小鍋水，燒至將沸未沸，倒進裹粉的蚵仔，攪開勿使黏作一團，維持小火，不要大滾。燙熟蚵仔，撈起浸冷水備用。

燙蚵仔的湯水千萬莫扔——這鍋煮了蚵仔又有番薯粉的湯水，正好用來勾芡。整鍋湯水倒進煮麵線的湯鍋，攪拌均勻，補一點白胡椒。

嚐一下湯，這時再做最後調味。麵線早就熟了，多煮一下也不礙事，關火。

接下來做最終組合：盛麵線，放上燙好的蚵仔，撒香菜、蒜末、辣椒、烏醋，就是鮮甜無比的一碗。不需味精，愛吃幾碗就吃幾碗。你看，是不是很簡單？

蚵仔煎

從小吃蚵仔煎，總覺得意猶未盡，但一口氣吃兩盤實在太不像話，就算長大了也未曾這麼吃過。

然而自己在家做，就可以放開肚皮吃個夠了。朋友捎來的鹿港鮮蚵還有很多，通通做了蚵仔煎，還調了粉漿和淋醬，一口氣圓了小時候的夢呀。

蚵仔煎建議用不沾鍋，粉漿和淋醬先做，再分批製作蚵仔煎，每次煎一到兩人份。

先調粉漿：水三百毫升，在來米粉二十克，番薯粉八十克，太白粉四十克，鹽半小匙，白胡椒粉半小匙，麻油少許，攪勻備用。太白粉和番薯粉亦可擇一，下一百二十克。若沒有要做很多，依比例減少份量。

再熬淋醬：小鍋盛水一八〇毫升，加味噌四十克，台式辣椒醬二十克，砂糖三十克，邊煮邊攪，沸滾轉小火。剛調好的粉漿淋一圈下去勾芡，關火備用。注意：粉漿勾芡須節制，冷卻後醬汁更稠，同樣可按比例斟酌份量。

蚵仔用餐巾紙盡量吸乾水分。平底鍋潤點油開中火，燒到夠熱再下蚵仔（一人份約八到十粒），蓋上鍋蓋煎一煎，再翻炒至半熟（蓋上鍋蓋是因為蚵仔下鍋會噴油）。

旁邊打一顆蛋，鍋鏟弄破蛋黃（或先打散再淋下鍋，口感不一樣）。待蛋半熟，鏟起翻蓋到蚵仔上。

撒一把切碎的小白菜（或自己喜歡的青菜，切碎才熟得快），大湯杓淋兩勺粉漿，很快會凝結，闔上鍋蓋燜一燜。看小白菜差不多要熟了，掀蓋，接下來是蚵仔煎唯一需要技術的部分：鏟起粘住的粉漿蛋液，翻面煎熟青菜。若一支鏟子不好使，就用兩支鏟子。這一步，亦可青菜燜到全熟，四邊粉漿先摺到中間再鏟起，整個翻面覆到盤子上，這是台南「石精臼蚵仔煎」的做法。

盛盤，淋醬，趁熱開吃。

做蚵仔煎，只要能掌握青菜熟度和翻面技巧就無敵了。萬一翻面不成功弄得支離破碎也沒關係，菜熟了就沒事，稀哩呼嚕通通盛到盤子上，醬汁一淋，再醜都遮掉一半，味道一樣好。

爛糊肉絲

爛糊肉絲菜名不好看，說的卻並非肉絲煮成爛糊，而是省了白菜二字。意指燜煮成爛糊狀的白菜，與豬肉絲同鍋。這是江浙一帶的家常菜，小時候媽媽常做，特別下飯，也是很好的便當菜。

爛糊肉絲一定要勾芡。不知道什麼時候開始，有些人一聽到勾芡就皺眉頭，覺得有礙健康養生，非廚藝之正道。我也被潛移默化，做菜從不勾芡。可是轉念一想，在外面吃飯從沒介意過，搞不好還吃得特別高興。

勾芡惹人生疑，未必是怕胖（那點芡汁恐怕也胖不了你多少），而是懷疑太白粉品質。我買主婦聯盟台灣番薯粉，就不用擔心了（社裡大姊還說勾芡用蓮藕粉亦可，但實在太貴，番薯粉就可以了）。勾點薄芡，不礙事的。

爛糊肉絲基本款，只需要白菜和豬肉絲。若要升級，再加香菇絲（乾香菇泡開）。若時令正好，有綠竹筍甚至冬筍，一齊煮起，就是「尊爵版」了。

肉絲加薑絲、少許番薯粉（或太白粉）、醬油、一點點鹽、黃酒或米酒少許，抓勻，靜置醃十分鐘。

大白菜去根，對剖剝開，一葉葉洗乾淨。菜幫子橫切成手指寬的粗絲，菜葉隨便切。一顆大白菜，切出來滿滿一盆，別怕，下鍋就會縮了。

若有乾香菇，泡開切細絲。講究的把蒂去掉，我覺得可惜，常常一齊切絲下鍋。謹記鐵律：泡香菇的水一定留著入菜。若有好筍，去殼切細絲。

準備有蓋的大炒鍋，肉絲先炒半熟，盛出備用。若有香菇絲、筍絲，此時同炒，也可以加點香菇水。

熱油少許，下白菜。若一次放不完，可分兩批下鍋。蓋起來，開大火，鍋緣冒氣再轉小火。若分兩批，就多等一下，看白菜煮出湯水，體積縮小，再把餘下菜絲通通入鍋，轉大火。若有剩下的香菇水，都倒進去，不必另加水——白菜很會出水。

接下來這一步很重要：轉小火，讓白菜慢慢燜燉十分鐘。之所以叫爛糊肉絲而非白菜炒肉絲，就是要用白菜湯水把自己燉到糊爛。

開蓋，白菜加點鹽（對，燉過再加）。之前炒的肉絲（及筍絲香菇絲）倒進鍋裡拌勻，再煮一下，讓湯汁收一收。嚐嚐味道，太淡下一點醬油。這時候你就知道，一整顆白菜剛剛好。

調芡汁勾個薄芡。最後加幾滴麻油提味，亦可下一小匙鍋邊醋。

別忘記同時煮一鍋飯，菜做好，飯也該煮好了。一顆白菜做出來的量，兩人慷慨地吃，至少可吃三頓。

快炒下飯

——香菜羊肉、宮保雞丁

香菜羊肉

我們嗜食羊肉，帶點羶也不礙事。紐西蘭羔羊肉味道很好，沒有油羶味，不只下火鍋，炒吃亦宜。我們最喜歡的做法是下大把香菜快炒，炒出來一大盤以為可以吃兩頓，結果都是一次嗑光，下酒亦妙。

羊肉片五百克退冰（火鍋片、燒烤片都可以，燒烤片炒起來不易碎，有嚼感，更佳），加醬油、黃酒、麻油、白胡椒，醃十分鐘。香菜一大把洗淨略切，蒜瓣切片。香菜下鍋會縮，愈多愈好。

熱鍋爆香蒜瓣，續下羊肉翻炒。全程大火，待羊肉變色，下兩匙沙茶醬，孜然少許，嗜辣者可加辣椒，炒至肉熟。

下香菜，關火拌勻即可盛盤，光這湯汁就可以扒兩碗飯。

孜然和羊肉原本就是天造地設，能把鮮味都帶出來。兩匙沙茶醬並不至於搶味，能讓味道更深厚。這盤炒羊肉不像熱炒攤那樣重鹹，卻仍風味十足。

也可加洋蔥同炒，多一道甜味。除了下飯，也可以加些起司絲，捲墨西哥餅吃。

冬天茴香大出，亦可取代香菜，也好吃。

宮保雞丁

家裡做宮保雞丁不能像館子裡過油，最好買雞里肌而非雞胸肉，口感好一些。切丁要像拇指一節大小，大火易熟，可保軟嫩不柴。

必須大火快炒，油也得下多一點，彌補過油效果。有人推薦加現成調味的麻辣花生，我試過，覺得普通花生就很可以了。

先調醬汁：醬油，黃酒，白醋，烏醋，糖，蠔油，攪勻。花生烤一烤或乾鍋炒炒，去膜備用。雞里肌切丁，入醬汁醃一下。

寬油熱鍋，轉小火，下花椒和乾辣椒，煉花椒辣油——務必小火，大火易焦苦。炸個兩三分鐘，花椒爆開，再撈出乾辣椒和花椒備用。

下蔥段、薑片爆香。轉大火，雞肉和醬汁一齊下鍋拌炒至半熟，再把乾辣椒和花椒倒回鍋裡，炒勻。等湯汁稍微收乾，拌入花生，即可起鍋開吃。記得煮一鍋飯！

金瓜米粉、和風甜滷南瓜

金瓜米粉

當令的栗子南瓜，便宜好吃。買來一顆，正好一半做和風甜滷南瓜，一半做金瓜米粉。

炒米粉也是「自家版本最經典」的料理。不過我岳母炒米粉確實厲害，妻從小吃得嘴刁，台菜名店標榜的炒米粉皆不能入她法眼。

岳母炒米粉會加炒蛋，吃過便知有理。米粉若喜歡有點嚼勁的，最好買「炊粉」而非純米米粉。若一定要用純米的，千萬不可浸水，會斷成段段。料煮好，直接下鍋拌一拌就行。

我用的是炊粉，所以要先用溫水稍微泡一下。

栗子南瓜洗淨切半，去瓤去籽（有朋友留著南瓜籽炒吃，也可參考）。不必去皮，切丁備用。南瓜不好切，大菜刀比較容易使勁。

乾香菇泡開，擰去水分，去蒂切絲，我都把蒂頭留下一起切。泡香菇的水別扔，之後有用。蝦米一把，剁一剁備用。絞肉或肉絲先用醬油黃酒醃一下。

熱鍋加點油，三顆蛋打散，下鍋炒碎，盛出備用。

同鍋免洗，加一點點油，下肉絲或絞肉炒乾，續下蝦米、香菇絲、油蔥，加醬油、黃酒調味，炒出香味，起鍋。

倒入南瓜丁，加入剛才泡香菇的水，以淹過食材為宜，不夠就再加水。不要怕湯汁太多，米粉下鍋就會收乾。加蓋開大火，水沸轉小火，煮個十來分鐘，至南瓜綿軟。

炒好的蛋下鍋拌一拌，噹一下湯汁，酌加鹽（料理有了醬油再加點鹽，可添鹹味層次）。泡好的米粉瀝乾，剪一剪下鍋拌勻，稍煮一下，即可關火。

這一鍋，嘴刁的妻也吃得十分滿意，應該是很可以的吧。

和風甜滷南瓜

這是從日本名廚栗原晴美學來的做法，但她的食譜總是太甜，不知是台灣南瓜比日本品種甜呢，抑或人家口味就是那樣。總之，我調整成自己喜歡的口味，熱吃涼吃皆宜。做好冰起來，客來撒上焙煎芝麻盛在漂亮碗裡上桌，就是很有面子的前菜。

鍋裡加水四百毫升，下醬油兩大匙、味醂兩大匙（或糖三大匙），攪勻煮開，放南瓜。找個比鍋子內徑略小的盤子，扣在食材上，讓瓜塊完全浸入湯汁。

中火續煮到南瓜綿軟，筷子輕易戳穿就行。拿掉盤子，轉大火收汁，注意勿燒焦，南瓜易碎，翻攪須輕柔。湯水收乾，即可起鍋。

用蒸的也可以：南瓜放電鍋內鍋，淋上醬油、味醂、清酒拌勻（我都蓋上蓋子搖一搖），外鍋一杯水，內鍋連蓋蒸熟，也好吃。

和風甜滷南瓜，冷吃熱吃皆宜。

合菜戴帽（附荷葉餅烙法）

合菜戴帽顧名思義，就是「炒合菜」覆一片蛋皮的「帽兒」。合菜例無定法，可以當成清冰箱的一品，但韭黃、肉絲、豆干、銀芽大致是基本內容。我本以為木耳也缺不得，看了傅培梅電視教學，竟是放菠菜同炒，沒放木耳。想想各種版本，都有道理。

「傅培梅時間」永遠是 one take 一次到底，五分鐘出菜，精采絕倫。她做合菜戴帽，花生油下得極其慷慨，鍋子冒起足以燒掉頭髮的大火，她眉毛都不挑一下，吹一口氣，一面講解，關掉爐火抬起鍋，火就滅了。戰場上總司令亦不過如此。

先煎蛋皮：熱油少許，蛋兩顆加鹽打散，下平底鍋或大炒鍋，中小火順著晃鍋，慢慢就能煎出圓圓的蛋皮了。盛起備用。

粉絲一把泡開，剪段。豆干、木耳切細絲，肉絲用醬油、料酒、香油少許抓醃，也可加點兒太白粉或番薯粉。韭黃切段，銀芽洗淨甩乾。

傅培梅的時代油下得極多，我們適量就好。熱鍋下肉絲，炒八分熟盛起備用。先下粉絲，再下木耳、豆干同炒，若黏在一起就加點水。炒得差不多，再下肉絲炒到全熟，續下銀芽和菠菜略略翻炒，加鹽調味。關火，最後拌入韭黃，才不會過熟蔫掉。

取大碗盛合菜，扣到大盤子上，再蓋上蛋皮，就完成了。

上館子吃合菜戴帽，會包荷葉餅蘸甜麵醬，所以合菜調味不可太鹹。若有蛋餅皮或墨西哥薄餅，代替荷葉餅也很適合。

烙荷葉餅倒也不難：先做燙麵，中筋麵粉四百克加滾水二百毫升，攪勻靜置到不燙手，再加冷水十五毫升，麵團揉至光滑，靜置十五分鐘，讓麵團鬆弛。

麵團分成一截截劑子，手掌壓圓，刷一層油，油面相合兩兩疊起，擀成薄餅，下鍋乾烙。膨起翻面，兩面膨起即可起鍋撕開。這個餅，配京醬肉絲也很精采。

煎餅四款

——月亮蝦餅、菠菜煎餅、早餐店蛋餅、厚煎鬆餅

月亮蝦餅

月亮蝦餅是不是台灣人發明的「台式泰菜」？我那攻讀泰國飲饌文化史博士的朋友深入史料，並不同意這個流傳很廣的說法。但我無意深究，做出來好吃就行。

蘸醬簡單，買一瓶泰式燒雞醬（甜辣椒醬 sweet chilli sauce）就行，雜貨店、大賣場都有。自己調也不難：辣椒，蒜，薑末，糖，醋，魚露，水，太白粉，可依口味調整比例。

店裡賣的月亮蝦餅，多用台式春捲皮（潤餅皮），煎酥了切。我用半透明的越式春捲皮（bánh tráng），也很好吃。

我的偷吃步是多加一條超市買的花枝漿，既能黏著餡料，調味也現成，圖個方便。當然，用新鮮花枝更正派。

蝦仁略剁一剁（不用剁太細，才吃得到蝦塊），取鋼盆，入蝦仁碎、花枝漿、豬油一匙、蛋白一顆、鹽、白胡椒、香菜末，攪拌至黏滑，摔打幾次，盡量摔掉空氣。

越式春捲皮過水，鋪上調好的蝦漿，再蓋一層春捲皮（也可以上下各用兩層皮，更脆）。取鍋鏟把餡料平均壓到「滿版」，接下來是最重要的步驟：刀尖或叉子在餅皮戳些洞，蝦餅入鍋才不會膨脹走形。

平底鍋（建議用不沾鍋）熱油（多些無妨），轉中小火，蝦餅下鍋，底面煎脆，翻面續煎，兩面金黃即可起鍋。一面大概煎兩三分鐘，視餡料厚度而定。若煎一煎表皮膨起，就戳一下放氣。其實膨起來也不要緊，關火就會縮回去了。

取餐巾紙吸掉多餘油分，切片盛盤，蘸燒雞醬吃。

若沒有越式春捲皮，蛋餅皮、潤餅皮、餛飩皮也都可以的。若餡料拌了太多，就先把餅做好，包保鮮膜入凍庫，吃之前再煎，不必退冰。

用越式春捲皮煎月亮蝦餅，味鮮料足。

菠菜煎餅

這道料理不妨看成韓式海鮮煎餅的素簡版，參考《& Premium》雜誌「& Cooking」特刊高谷亜由的食譜，春菊換成菠菜，佐芝麻醋醬油，非常好吃。

菠菜一把洗淨，切碎（每段約五公分），記得一定要瀝乾。

調沾醬：白醋、醬油各一大匙，焙煎白芝麻少許，辣椒粉少許。

調麵糊：蛋一顆，醬油兩小匙，砂糖少許，低筋麵粉八十克，水七十五毫升，打蛋棒攪勻。菠菜倒進麵糊，用筷子拌一拌。

平底鍋下油一大匙（白麻油最佳），轉中小火，油熱再下麵糊，攤平、上蓋，計時三至五分鐘，表面轉為白色略凝固，即可開蓋。

翻面，鍋邊再下一大匙油，續煎三分鐘，不用加蓋。

盛起，餐巾紙吸掉多餘的油，切成適口大小，蘸芝麻醋醬油吃。

這個基本麵糊非常好用，單煎可當主食，菠菜也可以換成韭菜、青蔥、豆芽、洋蔥、胡蘿蔔、泡菜，當然更可以加海鮮，變成海鮮煎餅。

早餐店蛋餅

蛋餅皮當然可以自己做，但市售餅皮其實頗好用的。冰庫存一些，方便應急，五分鐘就能上桌開吃。蛋餅皮也可換成蔥抓餅，我則愛用墨西哥餅皮（tortilla）煎蛋餅，更有嚼勁。加料做起司蛋餅、肉鬆蛋餅也不錯。

超市買來的冷凍蛋餅皮，不必退冰，平底鍋熱油打個蛋（不必打散），也可以先把蔥花拌進蛋汁再下鍋。蓋上餅皮，鍋鏟壓一壓。讓蛋液均勻流到四周，煎熟，翻面，餅皮煎脆，再用鍋鏟左右疊捲，壓一壓，直接在鍋裡鏟切成段，即可盛盤。

超市有整包的乳酪絲，份量不少，放冰箱仍怕發霉，我都整包凍起來慢慢用。做蛋餅，取一撮乳酪絲，不必退冰，直接攪進蛋汁，煎一下就都融化了。莫茲瑞拉、帕馬森、或是混合種類的乳酪絲，都好吃。

厚煎鬆餅

鬆餅（pancake, hotcake）有厚薄流派，薄煎鬆餅在盤子裡疊成塔，塔頂擱一塊半融奶油淋上糖漿，很美。但我最喜歡還是厚煎鬆餅，生平吃過最好的是倫敦諾丁丘 Granger & Co. 遠近馳名的香蕉鮮奶油厚煎鬆餅。當家大廚 Bill Granger 在網上慷慨公開配方，我研究了，原料有大量 ricotta 義大利乳清乳酪，還有自製的蜂巢奶油，只能望餅興歎，家裡實在是做不出來。

沒關係，買預拌粉在家煎鬆餅，把握幾個要訣，也可以很好吃。

厚煎鬆餅，麵糊要濃，最好用不沾鍋。各家預拌粉比例不同，我覺得北海道「四葉（よつ葉）」鬆餅粉建議的比例最好：一五〇克預拌粉打一顆全蛋，牛奶一百毫升，攪拌至看不見顆粒為止。接下來是重點：麵糊拌一大匙油（我都用橄欖油），靜置片刻，備用。（有人主張靜置要放冰箱隔夜再煎，我看實在不必，除非調很多麵糊，一頓煎不完。）

平底鍋下點油抹勻，小火加熱，稍微溫熱即可，理想溫度是一五〇度。

不確定溫度沒關係，油熱之後，鍋子放到溼抹布上降溫，再下麵糊，可免煎焦。

全程小火，下四分之一份量麵糊，時不時挪一下鍋，讓底部受熱均勻，若有需要，也可重複用溼抹布降溫。等麵糊冒出泡泡，翻面續煎一分鐘即成。若有矽膠刮鏟最好，碗底麵糊也不浪費。

食譜都說要等冒出很多泡泡再翻面，若麵糊比較稠，冒泡比較慢，若堅持等它冒很多泡，會有煎焦的風險。其實泡多泡少口感相差不大，煎熟了就可以。

鬆餅經典吃法是搭配奶油和楓糖漿。楓糖漿品級差異極大，A級純楓糖漿分四種等級，顏色愈深味道愈強烈。若有機會可以試試標示「深色」（Dark Color）、「風味濃郁」（Robust Taste）的楓糖漿，豐潤醇厚，一試難忘。

家常六則

——番茄去皮法、無敵燙青菜、煎魚不黏皮、自製美乃滋、自製花生醬、涼拌蘿蔔絲

番茄去皮法

食譜多半推薦滾水燙一下再去皮，但那樣要多費一個鍋，還要等水滾。我都用直火烤一下，速簡有效。

番茄去蒂，底部淺淺切個十字，取長夾夾住番茄，或金屬長筷將番茄串起（一次串兩支筷子，才不會滾動），瓦斯爐開大火，一面烤一面轉，每一面盡量均勻受熱。待外皮膨裂、微有焦斑，立刻移到龍頭下沖冷水，就能輕鬆剝皮。

若有瓦斯罐噴槍，更快。番茄放平底鐵鍋上，炙噴一下就行。

無敵燙青菜

燙青菜祕訣：用加一點油的鹽水燙。無論燙什麼，凡是葉菜，水沸下鍋一分鐘即可撈起盛盤，盡量瀝乾。當然若有現成高湯，拿來燙青菜最好（應該沒有人專程做高湯只為了燙青菜吧）。

我的祕招是淋一點花椒油，滿口麻香，從此不想念醬油膏、滷肉汁的燙青菜了。好的花椒油不便宜，但一瓶可以用很久。不只燙青菜，也很適合拌麵、涼拌小黃瓜、豆干、豆芽菜，甚至蘸水餃、白切肉，都很有格調。

煎魚不黏皮

帶皮全魚，剖洗乾淨，魚身劃刀，裡外拭乾抹鹽。中華炒鍋下寬油，油裡也撒點鹽。油熱起煙，拎著魚尾從鍋邊滑入，轉中火，先靜置不要擾動，底面煎香上色再翻面。鍋鏟若不好使，就拿夾子幫忙。

只要鍋裡油夠多，半煎半炸，加上鹽粒作用，魚皮也不會黏鍋，不沾鍋可免了。我用此法煎魚，不曾黏過，起鍋也不會油膩。

自製美乃滋

自己打美乃滋，可以慷慨地用高級橄欖油，與市售品是完全不同的東西。而且超快超簡單，五分鐘搞定。

你只需要一支打蛋棒，一個大碗，蛋黃一顆，黃檸檬汁或醋適量，油一百毫升。蛋黃放碗裡，慢慢分五六次加入橄欖油，每次攪打均勻至乳化再續油，一面擠幾滴黃檸檬汁（黃檸檬比綠檸檬溫潤，加醋也可以），一點鹽和胡椒，邊打邊嚐，打到黏稠絲滑，就完成了。

橄欖油當然可以換成其他油，打出來有不同滋味。

自己用橄欖油打大蒜鯷魚美乃滋，配鐵鍋麵包吃，會上癮。

做好基本款美乃滋，若要更深奧的大人滋味，可以加一把蒜末，一條罐頭鯷魚（切碎），下黃芥末或第戎芥末一小匙。抹歐式麵包、夾三明治、拌生菜沙拉，都是絕配。也可以拌入各類香草：迷迭香、甜羅勒、洋香菜、蒔蘿皆宜。若沒有鯷魚，罐頭鮪魚也行（蒜末換成生洋蔥更搭）。

剩的蛋白，除了炒煮，也可醃肉。美乃滋加番茄醬就是千島醬，加壓碎的白煮蛋、洋蔥丁、酸豆或酸黃瓜，就是塔塔醬。超市買的甜滋滋的沙拉醬，每次都放在冰箱捂到過期，終於可以扔掉啦。

自製花生醬

自己做花生醬，最煩的是花生去皮，其他都簡單，只要有電動攪拌棒和矽膠刮匙就行。現在我都連皮打，也好吃，並不會澀口，搞不好營養更豐富。

花生三百克（我都買主婦聯盟花生，一包一斤，正好做兩次），倒在墊好烘焙紙的烤盤，鋪平，一八〇度烤十五分鐘。看花生皮陸續綻開就差不多了，取出稍微放涼。

若一定要去皮，有個院子最好，拿去戶外把皮搓下來，使勁吹掉，如此最快。若在家裡，花生皮到處飛，不是辦法。網上有各種號稱神奇的花生去皮法，我試過用泡的、用網袋搓，都不靈，後來就乾脆連皮打了。

花生倒進刀片攪拌杯，下鹽半小匙，糖四大匙（這樣大概是福源花生醬的甜度，鹹甜自己調整），注意不可用冰糖，太硬，會弄傷攪拌杯。亦可用蜂蜜取代砂糖（不要用結晶成塊的蜂蜜），加一點肉桂粉，別有風味。

按鈕按下去卯起來打，一開始會打出花生粉，別擔心，花生會不斷出油，繼續打就變成花生醬了。時不時開蓋，取矽膠刮匙把黏在杯底的刮起來，打到細滑均勻即成。避免機器過熱，打一打要歇一下。喜歡顆粒口感可以留一些花生，最後再扔進去打。

找個玻璃罐存起，常溫不需冷藏。吃過自己做的，就再也不需要任何貴參參號稱名牌的花生醬了。

涼拌蘿蔔絲

涼拌白蘿蔔絲是我們家年夜飯必做的冷菜，也是外公外婆傳下的做法。幾次請客當成前菜，在賓客面前表演淋上最後的熱油，戲劇效果十足，眾皆讚歎。

白蘿蔔削皮，銼細絲（不可刀切，一定要用銼絲板，不像炸醬麵的小黃瓜，一定要刀切），加鹽靜置，擠去汁水，撒蔥花一大把，二砂一大匙，小鍋熱油少許，唰啦一聲淋上，拌勻即成。當頓吃掉最好！

跋
雞火干絲

最後一次去「銀翼」，上來的蝦肉燒賣竟然放了蝦米。我在銀翼吃了幾十年，「開陽燒賣」還真是前所未見。問了上菜的大姊，她堅持是我弄錯，說那不是蝦米。然而我們一桌十多人，都知道那不可能不是蝦米。

結帳時候忍不住向櫃檯大姊投訴，她露出神祕的苦笑，一句話都沒說。於是我知道，和這家館子只能緣盡於此，不禁黯然。

我還不會走路就在吃銀翼，從蔣介石時代一路吃到蔡英文時代，從信義路跟到金山南路。外公生前說了幾百次的故事：他在銀翼餵兩歲的我吃小籠包，我自作伶俐地說：「阿爹（ㄚˇ ㄉㄧㄚˊ，蘇州話外公的童音版）吃皮，囡囡（ㄋㄛˇ ㄋㄛˊ）吃肉！」惹得舉座大樂——銀翼小籠包和「鼎泰豐」的燙麵薄皮不一樣，是鬆軟的發麵，會暈油，肉餡有個特別的鮮味，只有銀翼小籠包是那個味道。小時候的我明明吃飽了還是饞，才會專挑肉餡吃。

外公早婚，四十五歲就當了「阿爹」。算算他餵我吃小籠包的時候，還不到五十呢。

銀翼蒸籠墊的不是布，是松針（此法別處少見，該有人專門蒐集松針賣給銀翼吧？又是去哪裡蒐集的呢？）——松針照例回收再蒸，只有第一次蒸出來是翠綠色，之後就都是黑的了。倘若掀蓋一看，籠底滿目青翠，簡直跟中愛國獎券一樣高興。我在銀翼吃了總有上千籠點心，這種好運也只遇到過兩三回。

現在他們的小籠包，也跟大家一樣墊蒸籠紙了。

銀翼標榜所謂「川揚菜」，混合川菜和淮揚菜，背後是一整個時代的動盪顛沛——創業大廚最早在杭州「筧橋中央航空學校」餐廳掌杓，抗戰時期隨軍遷到陪都重慶，料理自然融入川菜特色。後來輾轉到了台灣，餐廳從空軍將官招待所改為民營。銀翼二字，便來自空軍軍徽那對銀色翅膀。

我小時候見過那些來台第一代銀翼員工：外公常和店經理、跑堂聊天，講的是上海話。那時他們正值中年，精神矍鑠，有位小個子光頭跑堂，嗓門兒尤其大。後來老輩的廚子和經理陸續凋零，跑堂的光頭大叔終於成了當家大掌櫃，常見他一身光鮮西裝迎客，四處巡桌招呼。再過若干年，連他也不在了。

是阿扁當總統的時代吧？我在銀翼見到一位老者獨坐二樓角落，面前是一碗蔥開煨麵。他右手持筷，左手夾一支菸，顫巍巍一筷子入口，又有半口掉回碗裡。我忘不了裊繞的青煙和麵湯蒸騰的熱氣裹著的那張低頭吃麵的臉。

後來銀翼裝了電動軌道椅，想是愈來愈多老客人再也爬不動樓梯，哪怕只是二樓——死生契闊，煨麵終究還是要吃的。

銀翼很有一些炫耀性的名菜：肴元寶（整隻的豬蹄），樟茶鴨，蟹黃獅子頭，文思豆腐，鍋巴蝦仁……，我們吃了幾十年，一次也沒有點過。從小跟長輩去銀翼，吃的永遠是早點，那些宴客菜是用不著的。後來自己帶女友、同輩哥們兒、還有日本朋友香港朋友去銀翼，即使不是早點時段，吃的仍是那些熟悉的點心——要知道所謂點心，是蘇州人的定義。一桌銀翼的早點，其實是豐盛澎湃的大餐，吃完昏昏飽到下午。

我從不需要看菜單，閉著眼睛都能點一桌。

首先，冷盤是鎮江肴肉拼風雞，人多再加海蜇皮，變成三拼。風雞是手撕的，帶皮肴肉切成手指厚的方塊，蘸桌上烏醋配薑絲吃。店家例有涼拌菜心的敬菜，冷菜這樣就可以了。

跟著涼菜上的，是一大碗干絲湯——銀翼菜單既有「維揚干絲」也有「雞火干絲」，兩者究竟有什麼不一樣，我問過店經理，他支吾一下，說其實差不多。總之是金華火腿老母雞熬的湯頭，煮粗切的干絲，鋪上雞絲火腿絲，拌開裝小碗吃。在我們家的「銀翼套餐」結構裡，它是冷盤之後的「熱前菜」，一人一小碗嚐嚐味道。最後總會剩下一點，也總有誰會趁它涼掉之前，整碗拿去舀乾淨。

銀翼還在信義路的時代，雞火干絲和接下來的蒸籠點心之間，我們會點一客清炒鱔糊，作為「第二道熱前菜」。堆著芫荽薑絲蒜碎，上桌才拿小壺盛滾油，滋啦一聲淋下去拌開，一人挾兩筷子就吃光了。後來大人嫌鱔魚不若以前好，很少點了。

接著是主菜的蒸籠：蝦肉燒賣、菜肉蒸餃、小籠包（我們從不吃混在一起蒸的雜籠，一定分開點，所以去銀翼非湊一桌不可）。人若夠多，再點一籠糯肉燒賣。

然後是壓卷：雪筍肉絲煨麵，大碗，一定要有筍。銀翼的筍片大概泡過，帶點酸，和雪菜天作之合。奶白的麵湯滾燙濃稠，上桌片刻便會凝一層皮。這碗麵上來的時候，大家其實已經飽了，一人裝一小碗正好。碗底總會剩下滿滿是料的濃湯，那是絕對不能浪費的。我小時候吃這碗煨麵，總怕燙著又捨不得涼掉，一面吹一面吃一面覬覦那碗底的剩湯，默默希望沒人要搶，都歸我最好。

最後若還有胃口，收尾甜點是棗泥鍋餅，配新換上來的熱茶。大人總是說做鍋餅非常麻煩，感歎畢竟還有人願意做，端上來也必再三提醒小心燙。我最愛吃邊角摺起來那塊，格外有嚼感。

後來，連銀翼也不做棗泥鍋餅了，只有豆沙鍋餅。豆沙固也不妨一吃，但棗泥的品級實在還是比較高的。

我帶朋友吃銀翼，許多人的第一道驚喜，是雞火干絲。干絲這東西並不希奇，隨便一家麵店都有芹菜胡蘿蔔絲涼拌的小菜。但現切煮湯的干絲，和涼拌的那種根本是兩回事。這碗湯灰灰濁濁其貌不揚，心存猶疑舀一匙，吸飽精華的軟嫩干絲和噴香的湯一齊入口，你立刻感慨哎呀為什麼現在才知道世界上有這麼好吃的東西！

我在銀翼總也吃了幾百碗雞火干絲。小時候，干絲湯浮著一層油，鹹香腴潤，極有滋味。最近這些年，品質漸漸不大穩定，吃過金華火腿有油耗味的，也喝過湯淡得像兑了水的。傷心歸傷心，想想材料似乎並不複雜，索性在家做做看。

雞火干絲，只要能熬出對的湯底，加上好豆干，就一定好吃。

金華火腿，已經很容易買到分切的真空包裝，選拳頭大帶骨帶皮的，熬起來才夠味。雞湯當然可以買雞架子自己熬（可以和菜場雞販預訂），但市面上現成雞高湯不難買，我買過「有心肉鋪子」冷凍去油土雞高湯，也買過主婦聯盟濃縮雞高湯，方便實惠。

火腿滾水燙過，刷洗乾淨，切小塊，留一點瘦肉，切絲備用。講究的還會淋上料酒，蒸過再煮，我們家都是燙了直接下鍋。加兩公升雞高湯煮九十分鐘，湯底就完成了，濃淡可以自己調整。若有壓力鍋，上壓力煮半小時就行。

既然自己吃，你也可以加料，讓高湯更豐美。時令若對，可以加冬筍、扁尖筍（參考百頁包肉配方）。若想湯頭更富膠質，可以下幾隻雞爪（我最愛啃煮透的雞爪，尤其腳掌心那塊嫩爽彈牙的厚皮）。當然，少許黃酒提味亦不妨。

雞胸肉不必調味，電鍋蒸熟取出放涼，等不及就過一下冰水，手撕雞絲備用。蒸雞的湯水別扔，倒進鍋裡同煮。

白豆干，一定要買新鮮上好的。取利刀，豆干貼住砧板壓好，從頂面一層層片成薄片，再疊起切絲。這一步稍微用點耐心，不難片得飛薄，但煮干絲湯不必切得太細，又不是比賽，差不多就行了。

干絲入鍋，煮個十來分鐘就入味了。先嚐嚐，金華火腿已有鹹味，不一定要加鹽。也可關火靜置，讓味道更融合。熱燙燙盛大碗，慷慨堆上雞絲、火腿絲，就可以上桌。如有青蒜，撒上幾絲，紅紅綠綠，漂亮好吃。

不知不覺，我已活過外公帶我去銀翼的歲數了。外公走得早，沒吃過我做的菜，真想捧一碗請他嚐嚐——阿爹你看，囡囡也會煮湯干絲了呀。

附錄

軍火庫——油鹽佐料小談

醬油我沒有慣用品牌，豆麥醬油、黑豆醬油也常混著用，盡量買純釀造的就是了。近年用得最多是屏大薄鹽醬油（他們的醬油膏也很好）。讀了裴偉《裴社長廚房手記》認識了「黑龍」壺底油，一試成主顧，貴得有道理。也喜歡「東成大目降」白曝蔭油，拌麵蘸涼筍最好。最近用「豆油伯」的「茶姬」，也很不錯。若需料理港味，台灣最容易找到的是香港「冠益華記」金標老抽，滷肉也好（滷汁混用多種醬油，風味才不單薄）。

煎炒主要用橄欖油，偶爾下豬牛雞油添香。台灣可以買到各種品質極好的冷壓初榨橄欖油，我常好奇換著用，並沒有非哪個牌了不可。有些好橄欖油滋味特別突出，適合蘸麵包、拌沙拉。若是煎炒，我會選味道比較溫潤不搶的。豬油我買「義美」的，衛生可靠，一大罐冰著慢慢用。

「白兔牌上烏醋」物美價廉，可拌可煮可蘸。洪愛珠贈我新莊高記「五印醋」，酸度高，有奇香。「民星頂級魚露」也是愛珠推介，馥郁雋雅，非他牌魚露可比。我家冰箱亦常備日本柚子醋（ポン酢），除了吃火鍋調蘸醬，單蘸餃子也極妙，可取代醋醬油。

黑白麻油別怕貴，買純芝麻的才香，義美就很好。我也常備日本「九鬼」的「山七胡麻油」，香氣優雅，料理最後淋上一點，冷熱皆宜。

花椒油，我用「楊家」，他們也有帶檸檬香的「青花椒」版本。莊祖宜送過我一小瓶「幺麻子」四川藤椒油，亦佳。花椒達人蔡名雄的「賽尚玩味市集」可以找到各種頂級花椒，不需將就市面上乾癟發黑的次貨。川菜靈魂的熟香菜籽油以前很難買，現在都有了。至於郫縣豆瓣，超市大賣場不難買到。稍加用心，在家也能做出正宗川味了。

油蔥醬，吃過最好的是林生祥母親「林董」手做，早就用完了。不得已，買市面上豬油做的客家油蔥，仍比葵花油味道正。我亦熱愛宜蘭礁溪小館「合鴨米灶腳」的油蔥酥，並不浸在油裡，炸好瀝乾裝罐，酥脆美味，香不可言。

太白粉我家沒有。勾芡、調醬、油炸，都是用主婦聯盟買的番薯粉。冰糖我都買小顆的，份量好抓。白糖我很少用，入菜都用二砂，偶爾也用日本「三溫糖」。

鹽巴至關重大，不可將就。我家平常用日本買回來的「海人の藻塩」，一公斤大包裝不到四千日圓，存在防潮箱每次取一些出來裝罐，用了四年還有剩。家樂福「禾法頌」的法國給宏得（Guérande）細灰鹽二五〇克大罐裝，有段時間特價八十塊，我一口氣囤了好幾罐，生怕以後買不到。

黃酒，我用一瓶不到兩百塊的台酒「玉泉」陳年紹興（只比普通紹興貴二十來塊）。花雕、女兒紅當然也可以，但陳紹已經夠好了。料理米酒亦常改用清酒，我買兩公升紙盒裝的「月桂冠」。若需葡萄酒入菜，無論紅白，我都去大賣場找便宜不甜的，最好是金屬旋蓋而非軟木塞，每次用一點也無妨。

自從可以吃辣，就開始留心浸著辣渣的辣油。我們最愛是金馬金鐘錄音師周震手做「路路爸的辣油」，並不甚辣，韻味飽滿深沉。此物已成影劇藝文圈轟傳的逸品，非常搶手，下訂請早。朋友謝醫師贈我們的「有辛仁」堅果辣椒醬也是無上妙品，豆腐、麵飯、蔬菜、白肉，添一匙就容光煥發。

焙煎芝麻非常方便，根莖蔬菜涼拌白煮，或是小排紅燒，上桌前撒一把，增香又漂亮。每次只需要一點點，小小一包可以用好一陣子，九鬼的焙煎白芝麻就很好。

近來熱愛日本鹽昆布，最常涼拌小黃瓜。和麻油一齊涼拌高麗菜葉，就是居酒屋經典小菜。此物可涼拌任何蔬果，可拌飯煮粥茶泡飯，亦宜加入煎炒料理，配牛排尤妙。

XO醬，生平吃過最讚是台東成功鎮農會「三仙台鬼頭刀XO干貝醬」，滿滿的干貝、魷魚、櫻花蝦、丁香魚、鬼頭刀。口味分大辣小辣，請務必買其實沒那麼辣的「大辣」，炒飯拌麵、蘸料入菜皆美。

我家是日本「茅乃舍」消費大戶，囤著他們家各種高湯粉包，不管煮什麼都可以扔兩包，還能撕開倒出來做炒飯、炊飯。每次去日本，都會看看這回出了什麼在地限量款，行李箱塞一堆帶回家。

乾煎雞豬魚排的醃料，我喜歡「香辛深淵」的肯瓊調味粉，也喜歡日本「黒瀨（瓶身不知為何寫成「黒懶」）」和堀西（ほりにし）的牛豚雞魚萬能調味粉，經常混著用，滋味更豐富。燉煮、炒飯、義大利麵，也都可以加一點。

黑胡椒跟咖啡一樣，得隨用隨磨。我們有黑椒粒也有彩椒粒，看情形混搭。白胡椒粒煮滷皆宜，白胡椒粉入菜方便。泰國通朋友唐千雅送我一罐曼谷「源順號」手標純正白胡椒粉，香得不得了，網上不難買到。

日常香料之中，孜然、匈牙利紅椒粉、印度咖哩粉都比想像中好用，這裡那裡撒一點，常能創造驚喜。

每次看人家在陽台種幾盆香草，下廚順手剪幾莖細香蔥，掐一把薄荷幾葉甜羅勒，都羨慕到不行。媽媽在屋頂的菜園，薄荷、迷迭香、韭菜、九層塔四界瘋長，我卻完全沒有遺傳她的「綠手指」，種什麼死什麼，只好隨做隨買。自己養一畦香草這種事，眼下還是只能作夢了。

兵器譜——我的鍋

家裡有二十多個鍋——若非認真一一算過，連自己都不敢相信。大部分是買的，有些是親友送的，有些是公關贈品，也有累積點數換的。

做好菜，未必需要多麼講究的好鍋（想想小時候家裡的鍋就知道）。然而一口好鍋，往往也是一扇通往烹飪新天地的門。

有個朋友嗜買名牌鑄鐵鍋，花花綠綠大大小小掛滿廚房一牆，問題是家裡極少開伙，常常叫外送，那些好鍋都成了裝潢。每思及此，就為它們委屈。

我希望盡量不要讓我的鍋子們委屈，雖然不免還是有親疏之別。

大同電鍋

蒸煮煎炒，總不離炒鍋、湯鍋、平底鍋，還有萬能的電鍋——我最常用的鍋，沒辦法，仍是大同電鍋。生平初次煮一鍋飯是十八歲那年考完大學聯考，到同學家海邊別墅玩三天兩夜，廚房有一只大同電鍋。幾個大男生沒有一個煮過飯，七手八腳洗米下鍋，老半天煮不熟，只好打電話問媽媽——原來外鍋沒放水。

我家自從有了IH琺瑯鑄鐵鍋（小V鍋），大同電鍋便卸下了煮飯的任務。拿它蒸肉蒸魚、蒸根莖蔬菜、做滷味、熬湯、覆熱，仍是極好的。我還在迪化街買了尺寸正好的蒸籠，能一次蒸兩屜饅頭包子。聽說有人用它外鍋煮火鍋，炒菜，甚至煎牛排。我沒試過，想是克難狀態的不得已。然而這麼一個鍋竟能克服那樣的「極限情境」，真不愧「人類最強炊具」。

日本山田工業所鍛打中華鍋

我心愛的炒鍋。直徑三十三公分，加裝木柄的版本，可免燙手。日本人對中華炒鍋很有想法，好幾個品牌都做了輕薄好使的家用版。「山田鍋」捶打成型，傳熱極快，家裡瓦斯爐也能炒出熱炒店的鑊氣。

洗刷鐵鍋，我推薦3M「黑金剛」菜瓜布，什麼頑垢都能對付，輕鬆就能把鍋刷亮。但千萬別拿去刷琺瑯鍋、不沾鍋！

德國Turk雙耳平底鐵鍋

它是我最常用的平底鍋。自從有了它，就很少用不沾鍋了。鐵鍋沒有塗層，卻有獨特的防沾格紋，看著就漂亮。鍋底中央微微凸起，油熱即往周緣擴散，中間不會聚一汪油。若需煎脆，就把食材挪到邊緣。傳熱快，好清洗。

唯一缺點是沒附蓋，但我發現十人份電鍋的鍋蓋，罩住它剛剛好。

美國Lodge鑄鐵單柄小平底鍋

我用這個小平底鍋乾炒花椒、煉花椒油。用它燒熱一大匙油，淋川式椒麻雞、涼拌白蘿蔔絲。櫛瓜義大利麵的松子、宮保雞丁和青木瓜沙拉的花生，乾鍋炒一下也很快。噴槍炙燒拿來墊底，也可以整個進烤箱，做西班牙馬鈴薯烘蛋。Lodge鑄鐵鍋極耐操，可以用兩百年沒問題。我們還有一個Lodge橫紋煎盤，極重，可以當殺人凶器，肉排能煎出條紋，就是刷洗比較費事。

不沾鍋：德國Berndes炒鍋、瑞士HAPADO煎鍋

這些年用過好幾個不沾鍋，塗層剝落就得扔，最後只留下一個德國

Berndes（寶迪）深鍋，容量夠大。一次煎多量食物，或是炒三四人份的義大利麵就得搬出來。二〇二一年參與金馬獎評審，獲贈一只「桂冠×金馬」瑞士HAPADO「麥飯石」不沾旋風煎鍋，附玻璃蓋，十分輕巧，夠深夠大，可煎可煮，能上直火，也適合電磁爐、黑晶爐。用它煮過幾次火鍋，煎過月亮蝦餅、蛋餅、蔥油餅、煎餃、蚵仔煎，但最常用它煎的是早餐鬆餅。

法國Staub鑄鐵鍋

最心愛的湯鍋，是兩口Staub。二十公分「小黃鍋」是多年前硬生生從香港扛回來，二十六公分「大黑鍋」則是好市多買的。

鑄鐵鍋適合一鍋到底的燉菜、湯品，小黃鍋進出烤箱很稱手，烤了上百顆鐵鍋麵包，也常用來煮煨麵，亦適合糖醋排骨、牛丼、肉豆腐、蘿蔔燴牛筋。大黑鍋對付大份量大體積的菜：紅燒豬腳、紅酒牛肉、整隻帶殼的馬祖淡菜。

二十六公分直徑，居然也放得進三十公升烤箱。

我們原有一口可以替嬰兒洗澡的好市多橢圓大鑄鐵鍋（Dutch Oven），自從有了大黑鍋，那口舊鍋好幾年沒用，下次扛去捐給主婦聯盟烹飪教室吧。

鍋寶不鏽鋼湯鍋，a.k.a.「威融鍋」

平常煮個湯，倒用不著扛出鑄鐵鍋，最常用是這個我們暱稱「威融鍋」的不鏽鋼湯鍋——它是老友黃威融多年前用不著送我的（那時他還沒娶洪愛珠，家裡不開伙，如今不可同日而語）。鍋壁薄，加熱快，但不適合爆炒湯料，容易焦鍋。煮兩人份的麵條、餃子、湯品，大小剛剛好。燉肉要先飛水燙一遍撈掉浮渣去腥，「威融鍋」便是第一站。

瑞典IKEA不鏽鋼義大利麵鍋

這口深鍋適合煮義大利麵或量大料多的湯菜，鍋底夠厚，宜於爆炒湯料。貌不驚人，老實可靠。還沒迎來「大黑鍋」之前，也常拿它煮咖哩。

日本柳宗理片手鍋

這只「片手（單柄）鍋」當初也是日本抱回來的，現在到處都有得買了。握柄手感極佳，利用鍋壁弧度縮短沸騰時間，煮水真的比較快。蓋緣有兩片凸起，既能和鍋子密合，轉個方向又能留一個出汽口，設計非常巧妙。

我們是柳宗理的粉絲，除了刀叉湯杓沙拉夾不鏽鋼盆，還有一口他設計的雙層義大利麵鍋，內層是金屬濾網，煮好麵整鍋一提就能瀝水，帥得不得了。但實在太大，兩個人吃飯很少用到，讓它委屈了。

日本野田琺瑯鍋、ACTUS牛奶鍋

琺瑯鍋一大一小，大的「野田琺瑯」雙耳湯鍋有個可以旋下來的木製鍋蓋頭，尺寸比「威融鍋」小一些，用了很久，底面塗層有點剝落了。若是大鍋燉了可以吃好幾頓的咖哩或燉肉，常換它盛了放冰箱。小的是日本家具雜貨選物店ACTUS買的木柄牛奶鍋，我拿來煮醬汁、熬焦糖，妻用它煮熱巧克力。用它煮雞蛋，水少沸得快，最方便。

德國Fissler壓力鍋

妻隔陣子就會大張旗鼓烤一大盤牛骨和蔬菜，熬高湯做紅燒牛肉麵（她的牛肉麵若拿去外面賣，很多店都不必混了）。花一整個下午熬高湯，是她舒緩神經、重獲身心平衡的療癒儀式。Fissler壓力鍋，便是她的療癒神器。一深一淺兩個鍋，附一個壓力鍋蓋、一個玻璃蓋。使用多年，換過矽膠墊圈又是一條好漢。大鍋煮牛筋、腱子、豬腳、大骨，小鍋煮紅豆、黑豆、江米藕，不但省時間，也不怕焦鍋。

日本有元葉子兩階段三層油炸鍋

以往只有過年才會在家炸幾天春捲，自從有了料理家有元葉子設計的油炸鍋，在家料理炸物也漸漸得心應手。鍋底特意做窄，節省油量。瀝油籃可架在鍋把滴油，設計很貼心。我用它做了炸牡蠣、炸蝦天婦羅、日式炸雞、台式鹽酥雞、炸旗魚條、炸甜不辣，前陣子試炸腰內肉豬排，非常好吃。台糖「安心豚」一整條腰內肉才賣一百幾十塊，可以炸出一大盤。

日本 Vermicular IH 琺瑯鑄鐵鍋（小V鍋）

關於「小V鍋」，我沒辦法假裝客觀——它是我斜槓「帶貨王」的里程碑，很多人因為我斥資買了它，並開始在家做菜。這家公司總部在日本名古屋，創辦團隊發揮苦幹窮究精神，把鑄鐵鍋做成了舉世無雙的精品，密合度奇佳，可做無水料理，蒸煮燜烤效能極好。電子加熱器能精確控溫，不只煎煮燉炒，也能舒肥、油封、發酵、烘麵包。但我要說：光拿它煮飯，就值回票價。

如今我家又添了迷你版「小小V鍋」，尺寸特別適合小家庭。雙鍋在手，如虎添翼。

日本 Vermicular 十四公分小鑄鐵鍋

憑 Vermicular 的造鍋工藝，小小的十四公分鑄鐵鍋亦令我驚喜：它容量比乍看來得大，非常適合覆熱、滷煮、油炸。一鍋正好爐烤一整顆洋蔥，辛香甘醇。最近常拿它烤肉桂蘋果：放太久不脆了的蘋果，橫切挖去芯籽，放塊奶油撒上砂糖肉桂粉，微火小鍋燜烤，就是銷魂的甜點了。

日本燕三条「大人的鐵板」

這傢伙顏值無敵，光看著都開心。質地厚重，蓄熱力佳，鍋蓋和木頭鍋墊也都做工扎實。請客拿來上菜，戲劇效果滿分。幾次帶它去朋友家煎牛排、干貝、大阪燒，總能迎來滿座歡呼。

日本北陸アルミ玉子燒不沾鍋

這是我在日本Amazon查「玉子燒鍋」評價最高、銷量最多的款式。搭配

「茅乃舍」玉子燒湯料，做過很多次日式高湯蛋捲，幾乎不抹油也不會黏鍋。有時也用它做納豆烘蛋，或是炒一些用不著搬出大炒鍋的小份量食材。現在市面上有很多類似產品，挑支好用的並不難。至於日本料理大師傅那只長方型紅銅的玉子燒鍋，美則美矣，且不說價昂兼保養費事，我們大概是用不好的，平白糟蹋工藝品，何必呢。

作者致謝

「也好吃」三字來自劉玲萍女士《黃媽媽說菜》，小說家黃麗群是她女兒（亦是嘴極刁之人）。黃媽媽總能三言兩語點透下廚心法。家常菜本無定則，她會在敘述一道菜的工序末尾添一段alternate take做法，補一句「也好吃」，非常迷人。我是因為這本書而點燃在家做菜的熱情，謹此鳴謝。

謝謝黃麗群、安溥好言推薦。謝謝新經典文化葉美瑤、梁心愉，讓這本書有了如此的好模樣。寫作者能遇到一生信賴的好編輯，比什麼都幸福。

謝謝我母陶曉清，為我補足書中家族滋味來歷細節。謝謝我父馬國光答應兒子請託，以一手秀麗的黃山谷寫了幾十道菜名，真是不折不扣的「大材小用」。不只這樣，我父也是多年前便為我示範「想吃好東西，不如自己做」的啟蒙者。

我妻孟朮是書中諸多料理的頭號試菜員，也是這些文字的第一個讀者。這本書獻給她，算是我們倆這些年一起過小日子的紀念。

馬世芳

二四年一月

文學森林LF0185

也好吃

書衣：150g 維納斯細紋
書腰：100g 維納斯細紋
書封：220g 維納斯高白象牙
扉頁：100g 米道林
內頁：70g 雪面輕塗

作者
馬世芳

廣播人，作家，電視主持人，一九七一年生於台北。曾獲六座廣播金鐘獎。著有散文輯《地下鄉愁藍調》、《昨日書》、《耳朵借我》、《歌物件》，曾獲《聯合報》讀書人年度最佳書獎、《中國時報》開卷好書獎等。主編《巴布・狄倫歌詩集》、《台灣流行音樂200最佳專輯》、《民歌四十時空地圖》等書。曾以公視《音樂萬萬歲第四號作品》獲提名電視金鐘獎最佳綜藝節目主持人。

書法題字　亮軒
照片攝影　馬世芳、林袒志（書腰、頁一五一）
封面設計　楊啟巽
版面構成　楊玉瑩
版權負責　李家騏
行銷企劃　黃蕾玲、陳彥廷
副總編輯　梁心愉
初版一刷　二〇二四年一月二十九日
初版四刷　二〇二四年五月十七日
定價　四二〇元

ThinKingDom 新経典文化
發行人　葉美瑤
出版　新經典圖文傳播有限公司
地址　臺北市中正區重慶南路一段五七號十一樓之四
電話　02-2331-1830　傳真　02-2331-1831
讀者服務信箱　thinkingdomtw@gmail.com
FB粉絲專頁　facebook.com/thinkingdom

總經銷　高寶書版集團
地址　臺北市內湖區洲子街八八號三樓
電話　02-2799-2788　傳真　02-2799-0909
海外總經銷　時報文化出版企業股份有限公司
地址　桃園市龜山區萬壽路二段三五一號
電話　02-2306-6842　傳真　02-2304-9301

國家圖書館出版品預行編目(CIP)資料

也好吃/馬世芳著. -- 初版. -- 臺北市：新經典圖文傳播有限公司, 2024.01
328面；14.8×21公分. -- (文學森林；LF0185)

ISBN 978-626-7421-05-5(平裝)

863.55　　113000041

紅糟雞湯　東坡肉　三杯雞　紅燒豬腳

白煮豬腳　香菜羊肉　蒜頭雞湯

廣式脆皮燒肉　滑蛋蝦仁　蚵仔麵線

炸醬麵　鐵鍋麵包　雞火干絲　麻婆豆腐

川式椒麻雞　和風肉豆腐　和風牛排

紐奧良秋葵濃湯　茄餅　嫩薑鴨胸

鮮蝦粉絲煲　百葉包肉　玫瑰油雞

麻醬麵　清燉牛腱湯　蒜蓉絲瓜

薑味肉餅　月亮蝦餅　虱目魚炒飯

苦瓜鑲肉　芫荽皮蛋火鍋　金瓜米粉

桂花江米藕　宮保雞丁　燒椒皮蛋

爛糊肉絲　蔥開煨麵　雪菜肉絲煨麵

蚵仔煎　上海菜飯　合葉戴帽附荷葉餅